講談社文庫

ジョン・マン 5

立志編

山本一力

講談社

ジョン・マン5

立志編

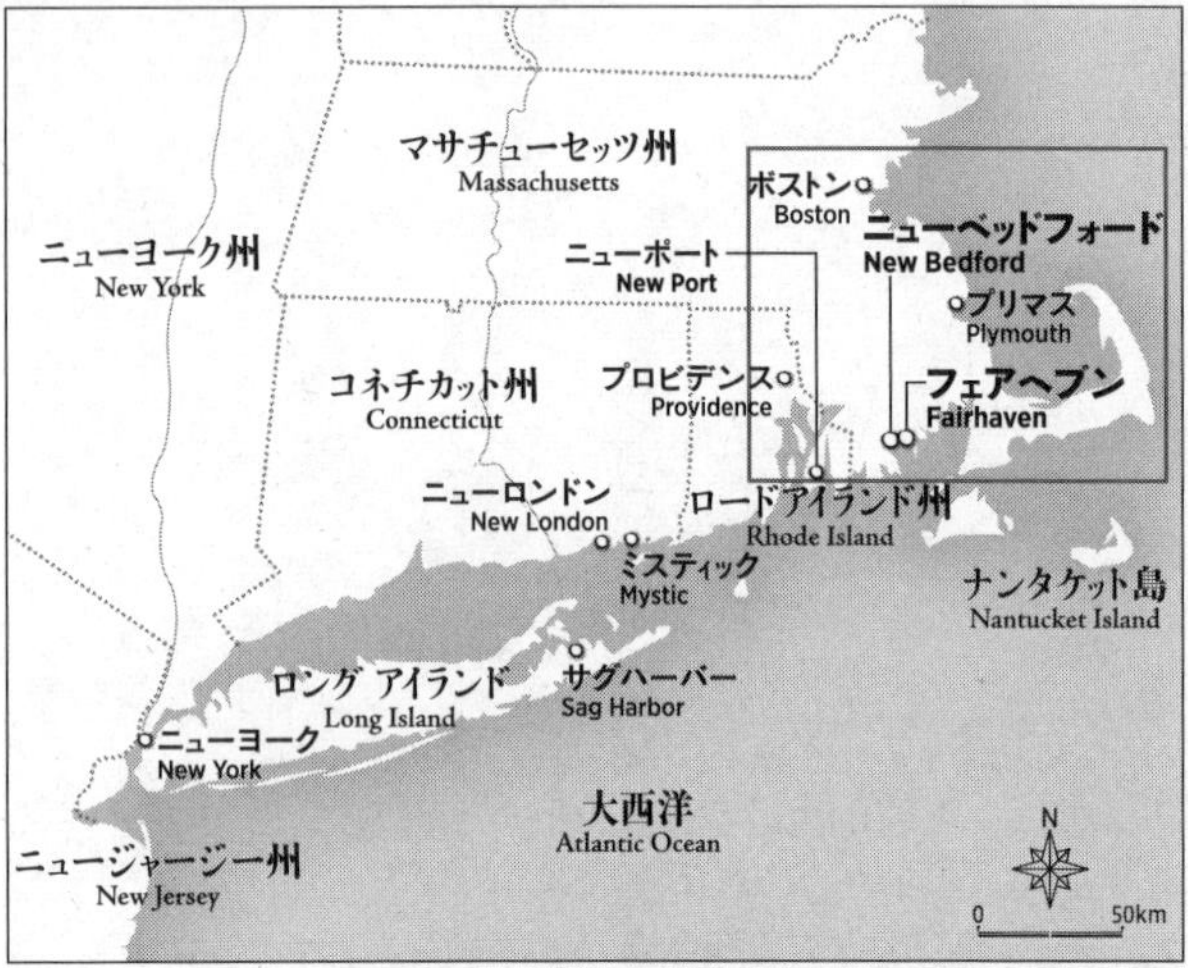
マサチューセッツ州
Massachusetts
ニューヨーク州
New York
コネチカット州
Connecticut
ボストン
Boston
ニューベッドフォード
New Bedford
ニューポート
New Port
プリマス
Plymouth
プロビデンス
Providence
フェアヘブン
Fairhaven
ニューロンドン
New London
ロードアイランド州
Rhode Island
ミスティック
Mystic
ナンタケット島
Nantucket Island
ロング アイランド
Long Island
サグハーバー
Sag Harbor
ニューヨーク
New York
大西洋
Atlantic Ocean
ニュージャージー州
New Jersey
N
0
50km

ボストン
Boston
マサチューセッツ湾
Massachusetts Bay
クインシー
Quincy
マサチューセッツ州
Massachusetts
プリマス
Plymouth
プロビデンス
Providence
オーリアンズ
Orleans
フォールリバー
Fall River
ロードアイランド州
Rhode Island
フェアヘブン
Fairhaven
コッド岬
Cape Cod
ニューベッドフォード
New Bedford
スコンチカットネック
Sconticut Neck
N
0
20km

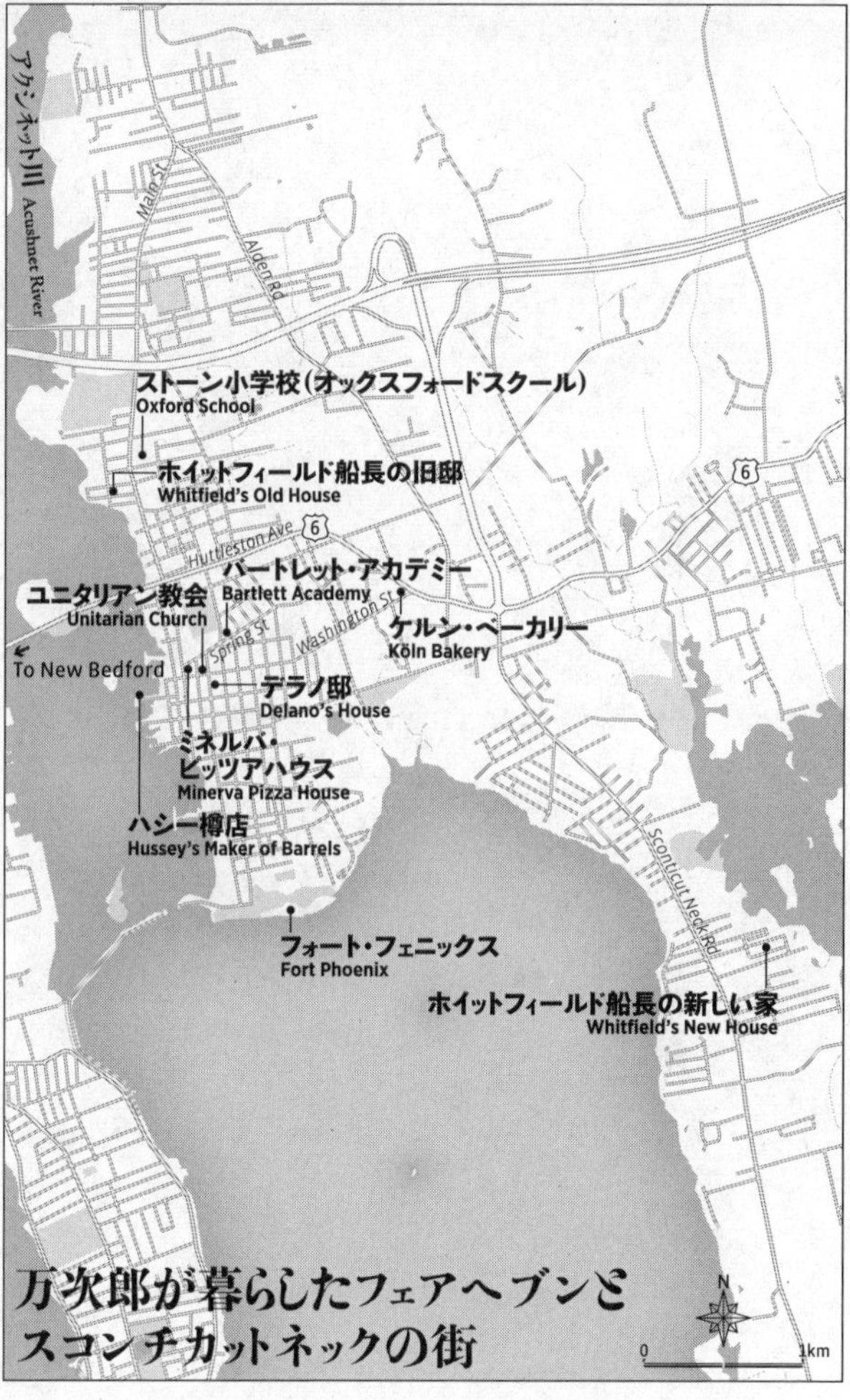

万次郎が暮らしたフェアヘブンと
スコンチカットネックの街
アクシネット川 Acushnet River
Main St
Alden Rd
ストーン小学校（オックスフォードスクール）
Oxford School
ホイットフィールド船長の旧邸
Whitfield's Old House
Huttleston Ave
6
バートレット・アカデミー
Bartlett Academy
ユニタリアン教会
Unitarian Church
Spring St
Washington St
ケルン・ベーカリー
Köln Bakery
To New Bedford
デラノ邸
Delano's House
ミネルバ・
ピッツアハウス
Minerva Pizza House
ハシー樽店
Hussey's Maker of Barrels
Sconticut Neck Rd
フォート・フェニックス
Fort Phoenix
ホイットフィールド船長の新しい家
Whitfield's New House
N
0
1km

一

一八四三（天保《てんぽう》十四）年十二月十日、日曜日、午後一時過ぎ。スコンチカットネック

スコンチカットネックに吹く冬の海風は、凍《こご》えという牙《きば》を隠し持っていた。気を抜いて素肌をさらしていると、容赦《ようしゃ》なく食らいついてくる獰猛《どうもう》な牙を、である。

フェアヘブンのチェリー通りにあった船長旧宅は、アクシネット川の水辺近くに建っていた。

七月に移ったスコンチカットネックの農園（新居）は、海面から三十ヤード（約二十七メートル）の高さに構えられている。

旧宅からわずか数マイル離れただけだが、スコンチカットネックは海に突き出した幅の狭《せま》い半島である。

最大幅の場所でも東西一マイル少々の土地には、大西洋を渡ってきた寒風がまともに吹き付けてきた。

潮をたっぷり含んだ海風は、うっかり吸い込むと喉《のど》がひりひりするほどに塩辛い。のみならず寒流の凍えをはらんでいるのだ。

フェアヘブンの冬はどこに限らず寒さは厳しい。が、スコンチカットネックに比べれば、チェリー通りの旧宅の冬は暖かだった。

この土地で初めての冬を迎えたジョン・マンは、風の冷たさに驚いていた。

「南氷洋でも、風はここまで冷たくはなかったのに……」

玄関ポーチを吹き抜ける風は、頬《ほお》を切り裂かぬばかりに凍えていた。

ジョン・マンは厚手の手袋を両手にはめ、羊毛マフラーを首に巻いて寒風から我が身を守っていた。

手袋もマフラーも、ジョン・ハウランド号で南氷洋を航海したときの支給品である。

十二月十日午後一時過ぎ。

ユニタリアン教会の日曜学校を終えたジョン・マンは、教会前のワシントン通りを急ぎ足で農園へと戻っていた。ワシントン通りには道の両側に庭木の植わった住宅が建ちならんでいる。

ビッグ（ハッツルストン・アベニュー）にぶつかり、じわじわと三十ヤードの高さまで登ったあと、四つ辻《よつじ》に出た。

辻で交差したスコンチカットネックへの道は、まだ通りの名がなかった。

道幅は二十ヤード（約十八メートル）もあるが、風除《かぜよ》けの樹木も植わっていない。

スコンチカットネックは、これから多くのひとが移り住んでくるであろう農園地区だった。

チャンスはこの通りをカモメ通りと呼んでいる。通りから海までは二百ヤードしかない。真冬のいまでも、通りにはカモメの啼《な》き声が途絶えることはなかった。

海からの寒風を遮《さえぎ》る木立《こだち》も家もない。

カモメ通りを歩き始めるなり、ジョン・マンはマフラーの結び目をきつくした。

南氷洋の極寒をもやり過ごしたマフラーだが、ここは油断のならない土地だ。締め方がゆるいと凍えた海風が身の内に侵入した。

カモメ通りの始まりからホイットフィールドの農園までは、およそ二マイルだ。距離はあるが、眺《なが》めを遮る家屋はない。

ジョン・マンが向かっている先に見えているのは船長の農園と、隣《となり》のラッドの牧場である。

白い息を吐きながら、駆《か》け足を始めた。

時刻はもう午後二時に近いはずだ。

今日は日曜日だが、チャンスと一緒に畑造りをする予定である。

冬のスコンチカットネックは午後五時過ぎには日が沈む。少しでも早く農園に戻り、畑の畝《うね》造りを始めたかったのだ。

農園まで半マイルの場所には、一本だけ、樫《かし》の古木が植わっていた。

残りハーフ・マイルの目印の木を走り抜けたとき、前方から一頭の馬が駆けてきた。

遠目の利《き》くジョン・マンである。乗馬の主がチャンスだとすぐに分かった。

ジョン・マンが駆け足を速めたら、向かってくる蹄《ひづめ》の音も高くなった。

樫の木から二百ヤードも走らぬうちに、チャンスと行き会うことになった。

「おまえを迎えにきたんだ」

後ろに乗れと示された。

農園に越した翌々日を始まりに、ジョン・マンはチャンスから乗馬を教わっていた。

まだまだ乗りこなすまでには至ってないが、乗り降りにしくじることはなくなっている。

馬の前に回り、顔を撫《な》でておれも乗るよとあいさつした。

馬は知らぬ顔で白い息を吐いていた。

嫌《いや》がられぬように気遣《きづか》いつつ、空いているあぶみに足をかけた。そしてチャンスの腰を右手で摑《つか》み、勢いをつけて後ろに乗った。

穏《おだ》やかな足取りで馬は身体《からだ》の向きを変えた。

「イエ――イ！」

チャンスの手綱《たづな》さばきで、馬は農園目指して疾走を始めた。

ジョン・マンが締め直したマフラーの端が、吹き流しのように後ろに流れた。

＊

万次郎《まんじろう》が中ノ浜《なかのはま》に暮らしていた、七歳の秋のことだ。

「今日は畝造りを教えるき、ちゃんと身体で覚えなさいや」

志《し》をは使い古した野良《のら》道具を万次郎に持たせた。まだ背丈の低かった万次郎には、鍬の長い柄を握るのも難儀だった。

しかし畑から穫《と》れる野菜は、自分たちの大事な食べ物である。志をはその野菜作りを万次郎に任せる気でいたのだ。

「畝をちゃんと造らんと、水はけがわるうなるきに」

野菜は水はけのよい土を好む。

ゆえに平らな土よりも、高さのある畝にしたほうが野菜の育ち方がよくなる……志をから教わることを、万次郎は一語も聞き逃すまいとして耳を澄ましていた。

「作る野菜によって、畝の高さも幅も変わるがやけんど、造り方はおんなじやき」

志をは鍬を巧みに使い、土を耕した。

畝造りの邪魔になる小石は土から拾い出し、畑の隅《すみ》に積み重ねた。

万次郎は母の動きを見詰めて、鍬の使い方を身体に覚えさせた。

半刻（一時間）も畝造りを続けると、曇り空の秋でも身体中から汗が噴き出した。

志をは万次郎を抱き寄せて、自分の首に巻いた手拭《てぬぐ》いで我が子のひたいを拭いた。

志をも身体中から汗が噴き出していた。

強く抱き締められた万次郎は、母の汗のにおいを嗅《か》いでいた。

酸っぱさの混じった甘い香りだった。

＊

「今日はマスタード（西洋からし菜）の畑造りをするぞ」

チャンスはだだっ広い畑地の一角を使い、マスタード作りをするという。

「マスタードは寒さに強い菜だ」

チャンスが口を開くたびに、口の周《まわ》りが白く濁《にご》った。が、すぐに横に流れた。

空には何重もの雲がべったりと張り付いている。鉛色《なまりいろ》をした分厚《ぶあつ》い雲は、一筋の陽光も通す気はなさそうだ。

陽《ひ》のぬくもりがない代わりに、強い海風はひっきりなしに吹いていた。

マスタードは寒さに強い。

チャンスの教えを、ジョン・マンは身体で得心していた。

「ありがたいことに、マスタードは土の好き嫌いも言わないんだ。ここの土でも、耕しさえすれば充分に育ってくれる」

マスタードの畑に、チャンスは四百平方ヤード（約百坪）を充《あ》てる気でいた。

「おまえは畑仕事をやったことはあるか？」

問われたジョン・マンは強くうなずいた。

志をと一緒に畝造りで汗を流した日々を思い出した。それゆえに、うなずき方が強くなっていた。

「だったらジョン・マン、畑造りのレースをやろうじゃないか」

チャンスは用地を指差した。

「半分ずつ、おまえとわたしとで耕すことからレースを始めるんだ」

賭け事好きのチャンスの目が、曇り空の下で、本気ぶりを示していた。

二

ホイットフィールドの農園では牛が飼育されていた。五頭すべて肉牛である。重たく曇った日でも牛は外に出されて、丈の短い雑草を食《は》んでいた。

馬も四頭飼われており、なかの二頭は船長とアルバティーナの愛馬だ。残る二頭の扱いはチャンスに委《ゆだ》ねられていた。

飼葉《かいば》を与えるのはジョン・マンも手伝った。

フェアヘブンやニューベッドフォードから大型荷物を運ぶとき、二頭は交代で荷車を引いた。

ジョン・マンはチャンスの隣に座り、荷車での荷物運びを手伝った。

スコンチカットネックに暮らし始めたあとで、荷馬車の御者席《ぎよしや》から初めて、アクシネット川の橋が回転するのを間近に見た。

アクシネット川は大西洋に流れ込んでいる。外洋から戻ってきた船も大西洋を目指して出港する船も、この川を走った。

ニューベッドフォードと対岸のフェアヘブンとを結ぶ橋も、この大川に架《か》かっている。

大型船が港に出入りするたびに、橋の中央部分が回転して船を通した。

スコンチカットネックに移る前の船長宅は、橋の蒸気笛が聞こえたりもする近さだった。

笛が鳴ると同時に、行き来する馬車もひとも動きを止めた。再び動き出せるのは、船が通過して橋が元に戻ったときだ。

蒸気笛で動きが止まる。その光景を見るたびに、ジョン・マンは捕鯨《ほげい》船の甲板を思い浮かべた。

水夫の作業をボースンは笛で指図した。

橋の蒸気笛が鳴るたびに、ボースンの笛があたまの内で響き合うのだ。

甲板に立つのが好きな男へと、ジョン・マンは成長しつつあった。

橋が回転する直前に、蒸気笛が鳴った。

ピイイ——。

ジョン・マンはこの警笛を聞くのが好きだった。鋭い笛の音が、我が身を外洋に運んでくれそうな気がしたからだ。

日曜日の午後、礼拝から帰ったあとでチャンスから乗馬を教わることもあった。

チャンスには農耕に牛を使うという発想はなさそうだった。

牛馬に曳《ひ》かせて土を耕す道具もなかった。

土佐《とさ》では農耕に牛を使うこともあった。が、万次郎も志をも自分の手で畑地を耕してきた。

チャンスもジョン・マンも、マスタードの種を蒔《ま》く畑は、自分の手で耕すものだと考えていた。

その考えあっての耕しレースである。

思えば甲板作業の水夫たちも、なにかにつけて、作業の仕上がりを賭けていた。

賭けるといっても朝飯のベーコン一枚とか、揚げパン一個とか、他愛のないものばかりだ。

賭けるのは、単純作業に気力を集中させる知恵だった。

畑を人の手で耕す道具は、何種類も納屋《なや》に揃《そろ》っていた。

鋳物《いもの》を砥石《といし》で鋭く研いだ鍬は、大中小の大きさ別に七種類もあった。

土を掘り返すシャベルも、柄の長さが異なるものが納屋の板壁に吊り下げられている。

チャンスとジョン・マンは、自分の身の丈に合った道具を手に取り、畑造りを始めた。

互いに二百平方ヤードずつを、マスタード畑地として耕すことになっていた。

日暮れが迫ってきたとき、チャンスは半分の土を掘り返し終えていた。

ジョン・マンはまだ六分の一にも届かないまま、日没を迎えた。

農園に移ってからの食事は、船長夫妻はダイニングで、チャンスにデイジー、ジョン・マンの三人はキッチンで摂《と》るスタイルに変わっていた。

「申しわけない言い方ですが、キッチンのほうが気楽に食べられますから」

チャンスの言い分を船長は受け入れた。

夫の食事はすべて自分で作りたいと考えているアルバティーナにも、別々に摂るほうが好都合だった。

そのかわりサンクスギビング（感謝祭）、クリスマス、新年、イースター・サンデー、独立記念日などの行事の日はダイニングで一緒に摂ることになっていた。

十二月十日、日曜日の午後六時過ぎ。

チャンスとジョン・マンはキッチンのテーブルで夕食を味わっていた。

デイジーは錫《すず》のジョッキに注いだビールを、チャンスの前に置いた。

チャンスはそのジョッキを手に持ってジョン・マンを見た。

「明日にならなければ、確かなことは分からないが」

両目が大きくゆるんでいた。

「勝負は見えているぞ、ジョン・マン」

チャンスはいかにも美味《うま》いという顔で、ビールを飲んだ。夕食時、錫のジョッキで味わうビールはチャンスの晩酌だった。

「勝負って、なんのことなの？」

聞き咎《とが》めたデイジーが語尾を上げた。

チャンスは大のギャンブル好きである。毎月五日・十五日・二十五日は、夕食も摂らずに船員集会所に出かけた。フェアヘブンのシーフード・レストラン「マーガレット」隣の二階屋が集会所だ。

旧宅から集会所までは、一マイルも離れていなかったのだが。

スコンチカットネックからだと、海沿いの近道を通っても三マイルはある道のりだ。

しかも常に強い風が吹いている。陽が落ちたあとの民家のない道は、深い闇に包まれた。

「これさえあれば夜道も平気だ」

チャンスは鯨油《げいゆ》を灯《とも》すカンテラを、案じ顔のデイジーに見せた。

漁師、船乗り、港で働く仲仕《なかし》たちが集い、午後四時から午前零時までポーカー賭博《とばく》に興ずるのだ。

参加資格は船員、もしくは船員にゆかりのある者だった。

チャンスはホイットフィールド船長に仕えているという身分で参加していた。大金を賭《か》けるわけではないが、デイジーはギャンブルを嫌っていた。亡父がギャンブルで持ち船を失っていたからだ。

「なんでもないよ、ハニー。なんでもない」

チャンスは慌《あわ》てて言葉を濁した。

ジョン・マンも調子を合わせたことで、その場は収まった。

*

一夜が明けた十二月十一日は小雨模様で朝を迎えた。

飲み水汲《く》みは昨夜のうちにチャンスと一緒になって済ませていた。翌朝の空模様が心配だったからだ。

一夜を過ぎたら翌朝の天気は分からない。

捕鯨船乗りたちは、これを鉄則として学んでいた。いかに夜空が星で埋もれていても、洋上にある船はその場所に留まっているわけではない。

たとえ翌朝は晴天だと確信していても、いまできることは片付けておく……船乗りはこれを身体に叩《たた》き込んでいた。

翌朝も晴天のはずだを、何度も裏切られたことで身に染み込んだ教訓だった。

水汲みを前夜のうちに済ませていたが、今日は耕しレースが待っている。

それが気がかりで午前六時半に起床した。

小学校卒業のあと、ジョン・マンは午前六時を起床時間に決めていた。が、冬に入り、朝が凍え始めてからは、起床を遅らせた。

バートレット・アカデミーに一日でも早く入学したいジョン・マンである。ここ数ヵ月は一夜として数学や英語、地理などの自習を欠かしたことはなかった。

朝三十分長く寝ていられることを、ジョン・マンは身体の芯《しん》から喜んだ。

「七時に起きればいいわよ。あたしも六時半に変えるから」

デイジーに言われたことで、毎朝七時前に起きていた。今朝は三十分近く早かったが、キッチンのストーブにはチャンスがすでに火を入れていた。

「あいにくの雨だ」

ふたりは連れ立ってキッチンの外に出た。

降り方は強くないが、みぞれ混じりの氷雨《ひさめ》である。雨を見ながらジョン・マンは両手に息を吹きかけた。

「わたしはこの空でも続けられるが、おまえはどうだ？」

嫌なら日延べしてもいいぞと、チャンスの目が告げていた。

チャンスもそうだが、ジョン・マンも負けん気は強い。

「チャンスがいやだと言うなら、日延べしてもいいです」

「オー、ボーイ！」

バカを言うなと、チャンスは強い口調で言い返した。これで氷雨のなかでの耕しレース続行が決まった。

カネも品物も賭けたわけではない。

が、カネよりもモノよりも重たい男の名誉が賭けられていた。

ジョン・マンより何十歳も年上のチャンスが、自分から仕掛けたレースである。氷雨をものともせず、素手で掴んだシャベルで土を掘り返し続けた。

ジョン・マンはそんなチャンスの動きを見ようともしなかった。ひたすら土を掘り起こすと混じっていた小石を取り除いた。

シャベルを握っている間は手袋をはめたままである。しかし小石を取り除くときは素手になった。

「邪魔な石かそうじゃないかは、手で触ったら分かるきに」

触れたとき、嫌な心地がした石だけ取り除けばいいと、志をは万次郎に教えていた。

母の言葉を思い出しながら石を選別していれば、氷雨の凍えも感じなかった。

午前八時から始めた耕しは、三時間が過ぎた十一時に勝負がついた。

チャンスは自分の持ち場すべての土を掘り返していた。

ジョン・マンはまだ三分の一にも届いていなかった。

が、畝がふたつ仕上がっていた。

三

旧宅の倍以上に広くなったキッチンには、六人が座れる調理テーブルが置かれていた。

新居に移ったあとの船長と新妻は、ダイニング・ルームで食事を摂るのを常とした。

アルバティーナはデイジーの手を借りつつも、夫のために自分で料理をした。キッチンではチャンス、デイジー、ジョン・マンの三人が主人夫妻を気遣うことなく伸び伸びと食事が楽しめた。

「料理を何品並べても、なんの心配もいらないわね」

料理自慢のデイジーは大きなキッチン・テーブルを大いに気に入っていた。

塩、コショウ、マスタード、ビネガー（酢）などの調味料を出しっぱなしにしていても、食事の邪魔にはならない。

テーブルの大きなことと調理場の広いことを、デイジーはなによりも喜んでいた。

来客に食事を供するテーブルでもないのに、デイジーは毎日、隅までピシッとアイロンがけのされたテーブルクロスを敷いた。

しかも曜日ごとにクロスの柄を変えている。十二月十一日、月曜日のランチタイムは、薄いピンク色の無地クロスが敷かれていた。

畑造りを途中で切り上げたチャンスとジョン・マンはキッチンの外で野良着を脱いだ。氷雨を吸い込んでいたし、泥で汚れてもいた。

デイジーが用意してくれた長袖《ながそで》シャツとズボンに着替えたあと、樽《たる》に汲み入れてある水で手を洗った。

ランチ作り真《ま》っ直中《ただなか》のキッチンには、湯気と料理の香りが満ちていた。

氷雨を浴びながらの畑造りで、すっかり身体が凍えている。キッチンの温《ぬく》もりがふたりには心地よかった。

チャンスとジョン・マンは向かい合わせに座った。

「どうだジョン・マン、勝負はすでに見えていると思わないか？」

チャンスの物言いは自信に満ちていた。

「土を耕す速さだけを競うなら、チャンスの勝ちです」

相手の目を見てジョン・マンが答えたとき、デイジーが出来上がった料理を運んできた。

ジョン・マンは運ぶのを手伝おうとして立ち上がりかけた。

「いいから、座ってなさい」

デイジーが運んできたのは、いままで一度も見たことのない品々だった。

ひとつはボイルしたソーセージが山盛りになった大皿である。ソーセージは見慣れた食べ物だが、この昼の品は太さも長さも初めて見るサイズだった。

真ん中はキャベツの漬け物のようだ。

今日まで嗅いだことのない酸っぱい香りを漂わせていた。

三枚目の皿には、真ん中にナイフの切れ目が入った黒パンが重なり合っていた。

表面にゴマが散らされたこのパンは、見慣れた品である。しかしナイフの切れ目が入っているのを見たのはチャンスもジョン・マンも初めてだった。

「ワシントン通りとビッグがぶつかる角にあるドイツパン屋を知ってるでしょう?」

「もちろんさ」

チャンスの返答に合わせてジョン・マンもうなずいた。

パン屋の屋号はケルン。

フェアヘブンでは数少ないドイツからの移民ウエンガーが店主兼職人である。ゴマをまぶした黒パンは、皮の香ばしさで人気が高かった。

「もう一週間以上も前になるけど、ウエンガーさんにキャベツの蓄え方を教わったのよ」

酸っぱい香りを放っているのが、伝授されたドイツのキャベツ蓄え方法だった。

七月四日に新居に移ったあとで、チャンスとデイジーはキャベツの種まきをした。硬くて痩《や》せた土にも負けず、キャベツは十一月下旬には見事に結球を果たした。穫れすぎと言いたくなるほどに、冬キャベツは収穫できた。

穫れた野菜を蓄えておく納屋も、新居には完備していた。が、籠《かご》に詰めたままでは早晩傷《いた》んでしまう。

なにか上手な保存法はないものかと思案していたデイジーは、ウエンガーに相談してみた。

船長夫妻もチャンスもジョン・マンも、全員がケルンの黒パンが大好物である。ほぼ毎日、パンを買い求めにくるデイジーに、ケルンの店主はすこぶる好意的だった。

「おたくには大型の瓶《びん》はありますか？」

「素焼きのものなら幾つもあります」

「もうひとつ、瓶を仕舞《しま》っておける暗くて冷たい納屋か地下室はどうですか、ミセス・デイジー？」

地下室はないが、馬も牛もいる小屋なら大きなものがあるとデイジーは答えた。

「馬がいるなら、ワラがありますね？」

「それはもう、たっぷりと」

「それなら素晴らしい！」

ウエンガーはドイツに古くから伝わるキャベツの漬け物、ザワークラウトの作り方伝授を始めた。

「溜《た》まっているキャベツをザクザク縦切りにして、きれいに洗った瓶に放り込むのが始まりです」

切り終わったあとは、キャベツの重さの一パーセントほどの塩と、好みの香辛料を加える。

そして瓶に落としぶたをし、重石《おもし》を載せて押しをかける。

「冬場のいまなら、一週間も寝かせておけばおいしいザワークラウトが出来上がります」

教わった通りに漬けたキャベツが、今日で八日目を迎えていた。

「わたしのする通りにして」

デイジーは黒パンの切れ目を大きく開き、最初にマスタードをたっぷり塗った。

マスタードとキャベツの酸っぱい香りが、テーブルに満ちた。

デイジーの真似《まね》をしながら、ジョン・マンは口に溜まった生唾《なまつば》を呑《の》み込んだ。

マスタードを塗ったパンに、デイジーはボイルしたソーセージを載せた。そしてソーセージが見えなくなるほど、ザワークラウトをまぶした。

パンをしっかり閉じたあと、デイジーは大きく口を開いてかぶりついた。

ジョン・マンもチャンスも同じことをした。

最初に口一杯に広がったのは、しっかり漬かったキャベツの味だった。キャベツ本来の甘味に、漬けるなかで滲《し》みだした酸味、そして香辛料のピリ辛味が絡《から》まり合っている。

ジョン・マンは呑み込むのが惜《お》しくて、しっかりと噛《か》んで旨味《うまみ》を口に広げた。

噛んでいるうちにパンとソーセージ、それにマスタードの味がキャベツに加わった。

いままで一度も味わったことのなかった美味《うま》さである。存分に噛み、旨味を口中に行き渡らせてから、渋々呑み込んだ。

ゴクンッ。

ジョン・マンが喉を鳴らしたら、デイジーが満足そうな目を向けた。

「どう、ジョン・マン？」

「マーガレットのディナーのように美味《おい》しい味です」

最大級の褒《ほ》め言葉に、デイジーは深く満足したらしい。

「何本でもお上がりなさい」

上機嫌な声で勧めてから、デイジーは茶の支度《したく》を始めた。

船長がニューヨークから持ち帰った紅茶は、ニューベッドフォードに出回っている

ボストン紅茶よりも香りが高かった。

つつがなく転居できた労をねぎらい、船長はこの紅茶一パックをデイジーに贈っていた。

初の黒パンドッグを食べるには、紅茶こそお似合いの飲み物だった。

しかも新居の飲料水は、水量豊かな井戸から汲み上げた清水である。

良質な水が紅茶の味を引き立てた。

「今日のお茶、いつも以上に美味しいです」

香り高い紅茶を味わいつつ、三本目の黒パンをジョン・マンは賞味していた。

「このキャベツの酸っぱ味は、どんなビネガーを加えて出来たんだ、デイジー」

ザワークラウト作りを、チャンスはなにも手伝っていなかったらしい。

デイジーはザワークラウト作りを秘密にしていた。

「ビネガーなんて、これっぽっちも加えてなんかいないわよ」

デイジーの返事にはジョン・マンも驚いたようだ。チャンスとジョン・マンの目がデイジーに注がれた。

「空気中にはザワークラウトの酸っぱ味のもとがたくさんいるそうなのよ。なかでもワラがたくさんある納屋には多くいるって、ウエンガーさんから教わったの」

おいしいザワークラウトを作るためには、乳酸菌などが多くいる場所を選ぶのが大事だと、デイジーはウエンガーの受け売りを口にした。

この言葉はチャンスの深いところで響いたようだ。

ランチのあと、ふたりは再び野良着に着替えて畑地に出た。

チャンスの受け持ち部分は、すっかり真っ平らに耕されていたのだが。

「おまえの勝ちだ、ジョン・マン」

チャンスはいさぎよく自分の負けを認めた。まだ畝造りの途中だったジョン・マンだが、チャンスの言葉を身体の芯で受け止めた。

「おまえが耕す速さだけを競うならと言った意味を、デイジーが口にしたことでよく呑み込んだ」

チャンスは形が出来上がった畝の前でしゃがんだ。そして土を手ですくった。

小石ひとつ混じっていない、きれいな土が畝を造っていた。

「こんな畑の耕し方、おまえはいったいどこで覚えたんだ？」

「おかやんからです」

ジョン・マンはマミーとは口にせず、土佐弁でおかやんと発音した。

「オカヤンって、なんのことだ」

「わたしのマミーを意味する言葉です」

痩せた土を掘り返し、邪魔な小石をひとつずつ取り除いていた志を。

母の農耕姿を思い起こしつつ、畑地を耕したのだとチャンスに明かした。

「おまえのオカヤンの教えを、わたしもこれからの農耕作業に生かすことにする」

チャンスは正味で志をの耕し方に従う気でいるようだ。

「邪魔な小石の取り除きが終わったら、畝の作り方を教えてくれるか？」

「喜んで」

ジョン・マンが声を弾ませた。

氷雨の降り方が弱くなっていた。

四

一八四四年一月一日（天保《てんぽう》十四年十一月十二日）、午前九時。スコンチカットネック

一八四四年は月曜日で明けた。

マサチューセッツ州では、ニューイヤーズデー（元日）を祝日と定めていた。

東部訛《なま》りはニューをヌーと発音する。

「ハッピー・ヌーイヤー」

サロンに顔を揃えた船長夫妻、デイジーとチャンス、それにジョン・マンが新年のあいさつを交《か》わし合った。

去年、アルバティーナを伴ってニューヨークから戻ってきたとき、船長は真新しい国旗を買い求めて持ち帰ってきた。

一八三六年六月十五日に合衆国に加盟したアーカンソー州と、一八三七年一月二十六日に加盟したミシガン州が加えられた国旗だ。

アメリカ国旗の星は、現在の州の数である。アーカンソーとミシガンが加わったことで、星の数が二つ増えていた。

国旗に描かれている赤白の条《すじ》は、独立時の州の数、十三本だ。

星と条とで構成された国旗は「星条旗」と呼ばれている。

長らく航海が続いていたこともあり、それまで船長はミズーリ州までが星の数で描かれた星条旗を掲げていた。

サロンに飾られた、二十六の星が描かれた星条旗。この国旗に手を触れながら、銘々《めいめい》が今年一年の誓いを口にする……。

これがホイットフィールド家の新年の慣《なら》わしである。

「新たな航海に出る準備を調《ととの》えて、いつでも船出できる状態を保つ」

船長は威厳に満ちた物言いで誓った。

「生まれてくるベビーを健《すこ》やかに育てます」

アルバティーナの誓いを聞いて、船長までが驚き顔になった。

「先日、ニューベッドフォードのドクターに三ヵ月目に入ったと告げられました」

新年のサプライズにとっておきたくて、今日まで秘密にしてきたの……アルバティーナは船長に身体を寄せた。

デイジー、チャンス、ジョン・マンの三人が大歓声を上げて祝福した。

これで一気に和んだ誓いの場になった。

「ザワークラウトの作り方をさまざまに工夫して、一年中、おいしいものを作ります」

デイジーの誓いには、船長もアルバティーナも大きな拍手をくれた。

初めてのザワークラウトを食べてから、まだ何週間も過ぎてはいない。が、この屋敷に暮らす全員の大好物となっていた。

「わたしは……」

声を張り上げたチャンスは、連れ合いに目を向けた。

「飛び切り美味いザワークラウトがいつでも食べられるように、畑をていねいに耕し、ジョン・マンのオカヤンから教わった畝で、キャベツをたっぷり作ります」

チャンスの誓いにも、船長とアルバティーナは大きな拍手をした。

誓いの最後はジョン・マンである。

国旗の端を摑んでいる右手に、ジョン・マンは力を込めた。

「わたしは二月から通い始めるバートレット・アカデミーで……」

誓いの言葉の途中で口を閉じると、天井を見上げた。

＊

ジョン・マンが一八四四年二月から進学する予定のバートレット・アカデミーは、学者夫妻によって開校された。

航海術修学の専門高校として、である。

ルイス・バートレット、アンナ・バートレット夫妻は一八〇〇年代に、フェアヘブンで漁師の子息を相手に、中学校程度の授業を行なっていた。

米国の東海岸で捕鯨が隆盛を迎えるにつれて、捕鯨船基地は次第に北上を始めた。

ニューヨーク州ロングアイランドのサグハーバーにあった中心基地が、マサチューセッツ州ニューベッドフォードへと移ったのだ。

捕鯨船の大型化に伴い、水深が深くて岸壁の大きな港が求められたからだ。

ニューベッドフォードは、四百トン級の大型捕鯨船が望む条件をすべて備えていた。

港周辺に造船所が多数あり、船大工も揃っていた。

造船に使う木材も、近隣の山から良材が入手できた。

そして投資家が多く暮らしており、腕利《うでき》き・ベテランの船乗りも多数いた。

わずか十年の間に、ニューベッドフォードはボストン、ニューヨークに次ぐ都市へと成長を遂げていた。

「ここの中学を、船乗りを育てる高校へと発展成長させてもらいたい」

地元住民から強く求められた夫妻は、直《ただ》ちに動き始めた。ボストンやナンタケット、ハイアニスに夫妻で出向き、優秀だと評判の教諭・教授をフェアヘブンに招聘《しょうへい》した。

二年の準備期間を経たのち、高等数学から測量術、航海術までを網羅《もうら》した航海術学校バートレット・アカデミーを開校した。

校舎や寄宿舎の増築には、フェアヘブンとニューベッドフォードの投資家が資金提供を申し出た。

遠からず捕鯨全盛時代が到来すると判じての投資だった。

ジョン・マンが受験した一八四三年には、ニューヨークやボストンからも受験生が出向いてくる名門アカデミーとなっていた。

＊

目を国旗に戻したジョン・マンは、続きの言葉を口にする前に深呼吸した。

「わたしは最優秀の成績を収めます」

ジョン・マンはこれを言い切った。

「わたしの耳に、しっかりと聞こえた」

船長は満足げにうなずき、ジョン・マンを見た。真っ青な瞳が、ジョン・マンの誓いを了としたかのようだった。

五

一八四四年一月十日、水曜日。

この朝のホイットフィールド夫妻は、デイジー、チャンス、ジョン・マンと一緒に朝食を摂ることにしていた。

アルバティーナが言い出したことで、五人分すべてをアルバティーナが調理した。目玉焼きの白身は純白で、黄身は朝の光のなかで鮮やかな黄色を見せていた。

「せめて、あれだけでも」

デイジーは急ぎ納屋に走り、自家製のザワークラウトを鉢《はち》に山盛りにして運んできた。

フレッシュなミルクは、毎朝隣の農場から配達されていた。

朝食のテーブルでは、おもに船長が話をした。寡黙《かもく》なホイットフィールドにしては、めずらしい成り行きだった。

「昨夜、わたしとアルバティーナは、マーガレットの店でハーディー夫妻と会食をした」

船長はジョン・マンを見た。

「彼はわたしと同い年で、しかも同郷だ」

ジョン・マンは強くうなずいた。ハーディーを知っていたからだ。

かつてマーガレットの店で、船長と一緒に引き合わされていた。

「彼がボーディッチ師の一番弟子で、バートレット・アカデミーの教授であることも、おまえは知っているだろう？」

「はい、存じ上げています」

ジョン・マンはていねいな物言いで応《こた》えた。

「ハーディーがまとめたボーディッチ師の著作が仕上がり、今日から書店に並ぶそうだ」

朝食のあとはニューベッドフォードまで出かけて、新刊本を購入する……これを告げるために、朝食を一緒に摂ったようだった。

＊

スコンチカットネックに移ると同時に、船長は二頭立ての馬車を購入した。アルバティーナの外出や、買い物に使うための自家用馬車である。

ニューベッドフォードの書店にも、この馬車で向かうことになった。

ジョン・マンはチャンスと並んで外の御者席に座った。革張りの座席は船長とアルバティーナの席だとわきまえていた。

アクシネット川に架かる可動橋は、およそ三十分に一度の割合で開かれる。

一月十日の朝、ジョン・マンは初めて地べたよりも高い御者席から橋の開く光景を見た。

空には分厚い雲がかぶさっており、御者席に吹き付ける風は凍《い》てついている。が、ジョン・マンは厳寒も気にならないほどに、高い席からの眺めに見入っていた。

「路面からさほどに高いわけじゃなくても、いつもの荷馬車とは見える景色が大きく違うだろう？」

「はい……びっくりしました」

ジョン・マンの真っ正直な返答が、チャンスには嬉《うれ》しかったらしい。

「これからの人生のための、いい教訓だぞ、ジョン・マン」

チャンスは前方の可動橋から目を逸《そ》らさずに話を続けた。

「成り行きを見極めるとき、ほんの少しでも足場の高さを変えれば、物事の見え方が大きく変わってくる。そんなことは幾つもある」

億劫《おっくう》がらず、立ち位置の高さを変えてみることを心がけろ……チャンスの諭《さと》しを、ジョン・マンはしっかり胸に刻みつけた。

＊

馬車は港の時計塔下の広場で停車した。

馬車から降りたホイットフィールドは、手袋をはめながらジョン・マンに話しかけた。

「ボーディッチ師の遺稿をまとめて仕上げた本は、五百ページもある分厚さだ。表紙も厚紙でできており、ずしりと持ち重りがした」

船長はすでに昨夜のマーガレットで、新刊本を手に持っていた。

書店の開店は午前十時である。

ニューベッドフォードの町には何ヵ所も時計塔があるが、親時計はこの港の時計塔だ。

馬車を降りた船長は、歩き始める前に時計塔を見上げた。

九時四十八分を指していた。

時刻を確かめてから、船長は石畳《いしだたみ》の坂道を登り始めた。

ジョン・マンは白く濁った息を吐きつつ、あとに従った。

書店は石畳の坂道の途中にある。

港から続く道幅はほどほどに広いが、書店の前に馬車の駐車場所はなかった。

時計塔下から書店までは、上り坂をおよそ三百ヤード（約二百七十メートル）行く道筋だ。

コツ、コツ、コツ……。

人混みのなかで、船長の靴はまるでグランドファーザー・クロックのように、定まった調子で石畳を叩いていた。

午前十時の開店にピタリと合わせようとしているのだと、ジョン・マンは察した。

船長がどれほどハーディーを尊敬しているかを、朝食の場で聞かされていた。

＊

昨夜のマーガレットで、ハーディーは刷り上がったばかりの書籍をホイットフィールドに献本したそうだ。

「この一冊はありがたくいただきますが、書店に並ぶのはいつからですか？」

「明日です。ニューベッドフォードの書店には、特別に百冊が配本されるそうです」

ハーディーの即答に接したとき、ホイットフィールドは書店行きを決めていた。

「ボーディッチ師とあなたが全力を投じて仕上げた労作です。いただくだけでは、この本から得る恩恵に報《むく》いることはできません」

明日の開店に合わせて、ジョン・マンを連れてニューベッドフォードの書店に出向くと、船長は言葉に出した。

「船長にそうしていただけるだけの、十分な価値のある一冊です」

ハーディーの口ぶりは、亡師を心底尊敬しているように聞こえた。

「わたしがしたことは、ボーディッチ先生が記された原稿を取りまとめて、補足資料を集めて図版を描き起こさせただけです」

船長の賞賛はすべて、いまは亡《な》きナザニエル・ボーディッチが独占するものですと、ハーディーは真《ま》っ直《す》ぐな物言いで告げた。

ハーディーのその姿勢に、ホイットフィールドは感銘《かんめい》を受けていた。

「二月三日からは、ジョン・マンもバートレット・アカデミーに通学を始めます」

言葉の調子を変えて、ホイットフィールドが話しかけた。

「入学のあとは、なにとぞよろしく」

「引き受けました」

ハーディーは確かな口調で応じた。

「二月以降の授業では、ボーディッチ先生の図書が教科書となります」

ニューベッドフォードの書店に出向くのであれば、新入生となるジョン・マンも購入したほうがいい……ハーディーの勧めを、船長はしっかりと受け止めた。

＊

一八四四年のいまでは、ニューベッドフォードは全米一の捕鯨船基地である。

ナンタケット島もボストンも、ロングアイランドのサグハーバーも、そして巨大都市となったニューヨークも、ニューベッドフォードの繁栄には及ばなくなっていた。

そんな町の書店が、やがては船乗りのバイブルともなるであろう新刊本を並べたのだ。

船長が書店の前に行き着いたときには、驚いたことに三十六人の船乗りたちが、長い列を作ってすでに並んでいた。

なかの何人もがホイットフィールド船長を見知っていた。

「おはようごぜえやす」

「どうぞキャプテン、あっしの前に並んでくだせえ」

船乗りたちは船長に敬意を払い、並ぶ順番を譲ろうとした。

「ありがとう諸君」

船長は帽子のつばに手をあてた。

「気持ちは嬉しいが、わたしにも順番を守らせてくれ」

船長が言っているさなかに、時計塔が午前十時の鐘《かね》を打ち始めた。

カアアーーーン……。

最初の一打で、書店の戸が開いた。

水夫たちは並んだ通りの順番で、書店の内に入り始めた。

開店から三十七番目で、ジョン・マンは新刊本を手に取ることができた。

『The New American Practical Navigator』（新アメリカ実践的航海士）は、ジョン・マンが買ったあともまだ高く積み上げられていた。

「まさにこれは船乗りのバイブルです」

分厚い本を胸元に抱え持ったまま、ジョン・マンは船長を見た。

「入学まで、まだ二十日以上もある」

船長は目元を強く引き締めていた。

「早く読むことはない。しっかりと書かれたことを理解してから、ページをめくることを心がけなさい」

理解できないことにぶつかったら、自宅でならわたしに、アカデミーでは担当教授に訊《たず》ねるようにと船長は言い添えた。

「おまえがこの本の記述を、自在に諳《そら》んじられる日が楽しみだ」

船長がジョン・マンに目を戻していた。

しゃべるたびに動く船長のあごひげは、寒さで凍えているかに見えた。

六

天保十四年十二月二十四日。土佐・松尾《まつお》（一八四四年一月十三日、土曜日）

師走《しわす》入りまであと七日と迫った、この朝。

足摺岬《あしずりみさき》に近い松尾浜の朝は、例年にない寒さに包まれていた。

真冬でも暖かなはずの松尾浜なのに、今朝は吐く息が白く濁って見えた。

松尾の鯨組頭元《かしもと》（頭領）野本屋官兵衛《のもとやかんべえ》は、朝の膳《ぜん》についたとき綿入れを羽織《はお》っていた。

綿入れでも並の品ではない。金糸銀糸《きんしぎんし》の縫《ぬ》い取りがされた儀礼用の品だ。寒さよけというよりも、来客への礼儀で羽織っていた。

先に座についていた宇佐浦《うさうら》の徳右衛門《とくえもん》は、五つ紋の羽織姿だった。

「えらい世話をかけましたのう」

羽織姿の徳右衛門のあいさつを、官兵衛は右手を振って払いのけようとした。

「おまさんとわしの間で、他人行儀なことは言わんちょってくれ」

官兵衛の大きな身振りで、豪華作りの綿入れの袖が揺れた。

すでに膳に載っていた味噌《みそ》汁にはふたがされていない。綿入れの袖が味噌汁につかった。

「ひゃっ、いかんちや」

給仕役で控えていた女中が甲高《かんだか》い声を発した。綿入れの高値を知っているからだ。

徳右衛門も官兵衛のたもとを見ていた。

官兵衛は顔色ひとつ変えずに綿入れを脱ぎ、自分の背後に無造作に置いた。たもとに吸われて、味噌汁は椀《わん》の半分ほどに減っている。その椀を手に持つと、まったく気にもとめずに味噌汁をすすった。

徳右衛門の両目がゆるんだ。

「クジラを相手に漁をするというがは、おまさんばあにどんっと構えちょくということじゃろきにのう」

細かなことにこだわらない官兵衛に、大いに気持ちをほぐされた様子だった。

「わしがどうかは知らんけんど、おまえさんの肚《はら》の据《す》わり方も尋常じゃないろう」

官兵衛はすすり干してカラになった椀を、膳に戻した。

＊

官兵衛と徳右衛門は同い年の網元《あみもと》で、すでに三十年以上の付き合いがあった。

官兵衛は松尾浜で四代続く鯨組の、四代目頭元である。

三年前（天保十二年）の正月に筆之丞《ふでのじょう》たちが遭難した。その年のうちに、徳右衛門は松尾の官兵衛も訪ねていた。

足摺岬沖で延縄《はえなわ》を仕掛けるかもしれないと、出漁前の筆之丞は口にしていた。

もしやと考えた徳右衛門は、松尾の浜にまで出向いたこともあった。

「そらまた、しんどいことやろうが、おまさんがまだ生きちゅうと思う気持ちこそが、一番の大事ぜよ」

話を聞き終えたとき、官兵衛は物静かながらも、きっぱりとした物言いで応じた。

まっこと、網元（官兵衛）さんの屋敷に立ち寄ってよかった……。

徳右衛門は胸の内で深い得心の吐息を漏《も》らした。自分が欲しかったのは、まさに官兵衛が口にしてくれた言葉だったからだ。

あの五人はかならずどこかで生きている。

定かな理由など、どうでもいいのだ。

迷いのない物言いで「あいつらは生きちゅうきに」と言い切ってくれる者が欲しかった。

官兵衛さんも網元ぜよ。

徳右衛門は何度も胸の内で繰り返した。

漁師を束ねる網元なればこそ、行方知れずの者を生きていると信じることができるのだ。

志をに会ったら、官兵衛の言葉を聞かせてやろう……徳右衛門の両目が潤んでいた。

生きていると強く言い切ったのは、万次郎の母親志を、ただひとりだった。

志をを訪ねての帰り道にも、松尾の鯨組に立ち寄ったことがあった。

官兵衛の揺るぎのない励ましの言葉を、身体に刻みつけたかったからだ。

師走が目前にまで迫ってきたいま、徳右衛門はまた中ノ浜に行こうとしていた。

宇佐浦で仕立てた船で、二日がかりで松尾まで出向いてきた。中ノ浜に向かう途中、徳右衛門は官兵衛の屋敷で一泊していた。

中ノ浜に出向くのは、もちろん万次郎の母親志をに会うためだ。

正月まで一ヵ月少々しかなかった。

年越しのカネが入り用だと考えた徳右衛門は、みずから足を運び、志をと万次郎の兄弟姉妹の様子を見極めたかったのだ。

志をたちがしっかり暮らしていてくれれば、万次郎たちもかならずどこかで息災《そくさい》にしている……徳右衛門は常にそう考えていた。

きちんと年越しをして、新たな年を迎えられるよう、手助けの品々とカネを届けに行こうとしていた。

＊

官兵衛の頭元屋敷は、幾つもの部屋に暦《こよみ》が掛けられていた。

飛び切り高価な綿入れのたもとが味噌汁につかっていたとしても、気にせぬほどに官兵衛は剛胆《ごうたん》な男だ。

それでいながら、強く縁起《えんぎ》を担いだ。

大事な物事を決めるときは、わざわざ泊まりがけで中村《なかむら》まで出向き、当たると評判の八卦見《はっけみ》に易断《えきだん》を仰いだ。

徳右衛門と朝飯を共にした十畳の客間にも、杉板で拵《こしら》えた暦が掛けられていた。

毎朝、女中が十干十二支《じっかんじゅうにし》と、日にちの札を掛け替える大型の暦だ。

『天保十四年十一月二十四日　壬辰《みずのえたつ》』

暦は今日を示していた。

「これから中ノ浜に行くがやったら、おまさんもええ日に行くもんぜよ」

暦を見ていた官兵衛が、徳右衛門に目を戻した。

「中ノ浜の波除《なみよけ》神社は、壬辰の日が縁日やったはずじゃ」

官兵衛は給仕役に、代貸《だいかし》（番頭役）を呼び寄せるように言いつけた。間をおかずに代貸が十畳間に顔を出した。

「中ノ浜の波除さんは、いつが縁日やったかのう？」

「壬辰の日で、今日がそうです」

代貸は即答した。

中ノ浜の波除神社は「毎月の幾日」ではなかった。

水の兄《みずのえ》である壬と、空に昇る力強い辰とが重なった日を縁日としていた。

漁師には、地元の波除神社の縁日は大事である。松尾に波除神社はないが、中ノ浜なら松尾の地元も同然だった。

「向こう（中ノ浜）の波除さんが、おまさんに来てもらいたがっちゅうにかあらん」

官兵衛が野太い声で考えを口にした。

筆之丞たちの息災願いも、中ノ浜の神社が聞き入れてくれるに違いないと、官兵衛は請け合った。

「ほんまに、ええ日に来たもんじゃ」

徳右衛門は間のよさを噛みしめていた。

七

一八四四年二月二日、金曜日。スコンチカットネック

バートレット・アカデミーへの入学を翌日に控えた、この朝。

午前六時過ぎから朝食の支度が始まった。

調理はデイジーで、コーヒーをいれるのがジョン・マンである。朝食の献立《こんだて》も支度の役割も、いつもの朝と同じだ。

違っているのは支度を始めた時刻である。いつもの朝よりも三十分早まっていた。

明日の土曜日からバートレット・アカデミーへの通学が始まる。一週間前からジョン・マンは、フェアヘブンへの通学トレーニングを続けてきた。

今朝はその仕上げである。明日から始まる通学本番に備えて、今朝から朝食時刻を三十分早めることにしていた。

スコンチカットネックからフェアヘブンのスプリング通りにあるアカデミーまで、ジョン・マンの歩きで一時間かかる。

始業時刻は午前八時だ。時間に余裕を持って通学するために、スコンチカットネック出発を午前六時半と決めていた。

船長も六時半出発を了とした。

遅刻は恥。

これが船長の流儀である。ジョン・ハウランド号に乗っていたときも、船長は時間厳守を乗組員に申し渡していた。

「時間はだれにでも等しく与えられている。言いわけは無用だ」

船長の考え方は、ジョン・マンの骨の髄にまで浸透していた。

始業時刻の三十分前登校は、ホイットフィールド家では当然のことだった。

ストーブに載せたホウロウのポットから、威勢のいい湯気が立ち上っている。

キルトの鍋摑みを右手にはめたジョン・マンは、ポットの把手《とって》を摑んだ。

沸騰が強く、ストーブから持ち上げても、ポットはまだシュンシュンと鳴き続けた。

挽《ひ》き立ての豆がネル布のフィルターにたっぷり入っている。豆の真ん中めがけて、沸《わ》き立った湯を注いだ。

豆がぶわっと膨《ふく》らみ、強い香りを立ち上らせた。

今朝は格別に強く香りを感じた。

本番前日の今朝がこうなら、明日はどうなるんだろう?

こんなに気持ちを昂《たか》ぶらせて大丈夫か?

胸の内で考えていたら、目玉焼きを仕上げたデイジーがジョン・マンに声をかけた。

「今朝のコーヒー、いつもよりずっと香りがいいわねえ」

デイジーが口にしたことを聞いて、ジョン・マンは嬉しくなった。

いつもより香り高いと感じたのは、気の昂ぶりではなかったのだ、と。

同じ感じ方ができるのが共に暮らすということなんだ……。マグカップに注いだあとも、コーヒーは香り高さを保っていた。

パンケーキ、目玉焼き、ソーセージ、ホームフライの献立が仕上がったところに、チャンスが戻ってきた。

今朝はわざわざ牧場まで、ミルクを受け取りに出向いてくれていた。

「今朝は道の真ん中まで氷が張っている」

気をつけて歩けとチャンスが注意を与えた。

スコンチカットネックの冬は寒さが厳しい。二月となった昨日の朝も、キッチン前の小さな池には分厚い氷が張っていた。

「ありがとう、チャンス」

デイジーもチャンスも、我が子の初登校を喜ぶ親も同然の気配りである。心底の感謝とともに、ジョン・マンはフォークとナイフを手に持った。

＊

ホイットフィールド邸の階段下には、船長がニューヨークで買った大時計が置いてある。

高さが六フィート（約百八十三センチ）もあるグランドファーザー・クロックだ。

毎正時には時刻の数だけチャイムが打たれ、毎時三十分には一打のチャイムが響く。

今朝のジョン・マンは六時半を告げるチャイムとともに家を出た。

昨日までは午前七時過ぎが家を出る時刻だった。わずか三十分しか違わないのに、フェアヘブンに向かう道は眺めが違っていた。

大きな違いの一つは、夜明け前で馬車もひともほとんど通っていないことだった。スコンチカットネックには何軒もの農家がある。毎朝、搾《しぼ》り立てのミルクを荷馬車に載せて、フェアヘブンやニューベッドフォードの市場まで納《おさ》めに出る農場もあった。

「今朝は早いな、ジョン・マン」

荷馬車を操る農家のあるじが、追い越しざまに朝の声をかけてきた。

いつもならフェアヘブンにつながるビッグに出るまでに、三台の荷馬車から声をかけられた。

今朝は一台も通り過ぎることがなかった。

馬もひともまだ吸い込んではいない、手つかずの朝の空気。それをジョン・マンは独り占めにしながらビッグを目指した。

真っ白な息を吐いて歩きながら、もうひとつ気づいたことがあった。

朝日の当たり方が違うことである。

道の両側には樫の木が並木のように植えられていた。

ジョン・マンが通学稽古《けいこ》を始めた一週間前から今朝まで、厳しい凍えが続いていた。

　嬉しいことに朝日には恵まれ続けている。

　昨日までの樫の枝は朝日を浴びて、固い皮の割れ目の奥まで見えていた。

　三十分早い今朝は、朝日がまだ枝に届いていない。陽の当たらない凍えのなかで、枝は、黒ずんで見えた。

　足を速めると呼吸も速くなった。吐くなり白く濁る息が、ジョン・マンの顔にまとわりついてくるほどに寒い。

　が、明日からは毎朝、いままで知らなかったこの朝を見ることができるのだ。

　ジョン・マンは気持ちを大きく弾ませて、ずんずんと歩いた。

　バートレット・アカデミーの正面玄関には丸い時計が埋め込まれている。ジョン・マンが学校前に着いたとき、時計は七時二十二分を指していた。

　我知らず、足取りを速めていたようだ。

　アカデミーにはマサチューセッツ州以外からも通う生徒が多数いる。それらの生徒のために、アカデミーは校舎の隣に寄宿舎を用意していた。

　始業時刻まで三十分以上もあるのだ。寄宿舎から校舎に向かう生徒は皆無だった。

　石畳の道がところどころ光って見える。氷が張っているのだろう。

チャンスの注意を思い出しながら、光る石畳を見ていた。

寄宿舎だけではなく、スプリング通りを通学してくる生徒の姿も見えない。

ジョン・マンは両手をこすり合わせながら、正面玄関前に立っていた。

七時三十二分になったとき、ひとりの男子がスプリング通りを歩いてきた。その生徒は玄関には入らず、ジョン・マンに近寄った。

「キミがマンジロウだよね？」

驚いたことにジョン・マンの名を知っていた。背筋を伸ばしたジョン・マンは、右手を差し出した。

「マンジロウ・ナカハマです。明日からここに通ってきます」

「ハーディー先生から聞いていたよ」

ジョン・マンの手を握り、ジェイコブ・トレップだと名乗った。

「ジャパンからひとりでフェアヘブンに来たそうじゃないか」

会えて嬉しいと、ジェイコブは握った手に力を込めた。

「明日から机を並べようよ。訊《き》きたいことが山ほどあるから」

「そうできると嬉しいよ」

ジョン・マンも力を込めて握り返した。

手をほどいたのはジェイコブが先だった。

「ぼくは毎朝、この時刻に登校するんだ」

クラスで一番早いと言い足した。

「ぼくも早く来て、ここでジェイコブを待っているから」

ジョン・マンの答えに微笑《ほほえ》み返して、ジェイコブは正面玄関を入った。

寄宿舎の生徒が大挙して出てきたのは始業十分前のことだった。

まだ遅刻ではないが、生徒たちは気が焦《あせ》っているようだ。何人もが氷に足を取られた。

が、実習船で鍛《きた》えられているようだ。滑りかけても転《ころ》んだ者はいなかった。

ジョン・マンは明日からのアカデミーを、ますます楽しみに感じていた。

八

一八四四年二月三日、土曜日、午前六時過ぎ。スコンチカットネックの船長邸

バートレット・アカデミー入学の朝、天気は強い雨降りで明けた。

船長夫妻もテーブルにつき、ジョン・マンの入学日を祝ってくれた。

時折り、部屋の内にまで雨音が聞こえてくるほどの強い降り方である。

「雨の向こうには晴れがある。船乗りはこれを信じて荒天の海を乗り切るものだ」

入学の朝が強い雨に恵まれてよかったと、船長は今朝の天気を評した。

「わたしが長らく使ってきた携帯型のコンパス（方位磁石）だ、入学祝いとして受け取ってくれ」

濃緑色に塗られたコンパスには、アルバティーナの手でスカーレット（深紅《しんく》）リボンが結ばれていた。

「ありがとうございます」

両手で押し頂いたジョン・マンは、バッグに仕舞った。

昨夜、ジョン・マンはクローゼットの奥からバッグを取り出していた。

船長がリオデジャネイロの漁具店で誂《あつら》えてくれた、帆布《はんぷ》製の丈夫な品である。

「時々、このアザラシの脂《あぶら》を帆布に染みこませてやってくれ。手入れさえ行き届いていたら、ハリケーンのなかで使っても、雨を弾《はじ》き返してくれる」

と、店主が大いに自慢したバッグだ。昨夜、念入りに脂をくれたバッグは、頼もしげに脂光りしていた。

ジョン・マンは教科書、文房具、船長からもらったコンパス、アカデミーで履《は》き替えるシューズ、そして制服などをバッグに仕舞った。

アカデミー到着後に着替える心積もりだ。

支度を調えたあとで、もう一度船長夫妻に礼を言った。

「こうして通学できるのも船長のおかげです」

深々と辞儀《じぎ》をした。

強く降る雨は氷雨である。玄関ドアを開くと、凍えが一気に流れ込んできた。

アルバティーナが身体をぶるるっと震わせた。おなかの膨らみが目立ち始めている。

船長は妻と、おなかに授かった子を気遣い、ガウンを羽織らせた。

船長夫妻の後ろにはデイジーとチャンスが立っていた。

「行ってきます」

ジョン・マンはブーツを履いたかかとを揃えて船長に敬礼した。

鷹揚《おうよう》な仕草《しぐさ》で船長が答礼した。

ボ――ン。

グランドファーザー・クロックが、六時半を告げる一打を響かせた。

夜明け前の雨のなかに出たジョン・マンは、最初の一歩を大事に踏みしめた。

いよいよバートレット・アカデミーの生徒となるのだ。

昨日も今朝と同じ午前六時半に家を出た。

天気はまったく違うし、予行と本番とでは、なによりも気持ちが一番違っていた。

今朝のジョン・マンは、荒天時の甲板《かんぱん》作業に着る合羽《かっぱ》とブーツに身を固めていた。

そして、防水脂をたっぷり塗った帆布のバッグを肩からななめにかけている。

合羽にブーツにバッグの格好《かっこう》は、二月の雨に向かうには大げさに見えた。

しかしバッグには初めて学校で着用する制服、船長からもらったコンパス、教科書、ノートに文房具が収まっているのだ。

ジョン・マンには大げさではなかった。

ビッグの手前百ヤード（約九十一メートル）のところで、後ろから来る荷馬車が横に並び掛けてきた。

「ジョン・マン、ちょっと止まりなさい」

荷馬車の御者は船長邸隣の酪農家あるじ、ラドミール（ラッド）・ビコーリルだった。

「おはようございます、ラッド」

週に二、三度、ラッドと顔を合わせていた。しかし荷馬車を操るラッドと出会ったのは今朝が初めてだった。

「市場に行くには、まだ早過ぎませんか？」

ジョン・マンは一台の荷馬車とも行き合わなかった昨日の朝を思い描いていた。

「今日は土曜日で、市場には倍以上のひとが寄ってくるんだ」

毎週土曜日は午前六時半には荷馬車を出すのだとラッドは口にした。

「今朝はあんたの入学の日じゃろうが」

ラッドは東欧訛りの英語をしゃべった。

「これはわしからの入学祝いじゃ。昼飯の足しにしてくれ」

外皮がオレンジ色のチーズのひと塊《かたまり》を、ラッドは合羽のポケットから取り出した。

合羽の出来があまりよくないらしい。チーズは氷雨に濡《ぬ》れていた。

が、ラッド夫妻が大事に拵えたチーズである。しかも入学祝いを手渡そうとして、荷馬車を急がせてきたに違いない。

「ありがとうございます、ミスター・ビコーリル」

ジョン・マンは直立して礼を言い、ラッドに敬礼した。

敬礼を受けたことなど、ラッドはなかったのだろう。戸惑《とまど》い顔になったが、すぐに笑みを浮かべた。

「いい形だ、ジョン・マン」

ラッドは手綱を操り、ニューベッドフォードの市場へと荷馬車を急がせた。

九

強い雨降りにもかかわらず、ジェイコブは昨日と同じ午前七時三十二分に登校してきた。

ジョン・マンの重装備を見て、ジェイコブは驚きで目を見開いた。

「今朝はぼくにとっては大事な朝だ。制服も教科書も濡らしたくないから」

ジョン・マンは、ななめがけしたバッグをポンポンと叩いた。

「凄《すご》い格好だけど、どこで手に入れたんだ？」

ジェイコブの傘《かさ》が揺れた。

「なかに入って話そうよ」

ジョン・マンが先に玄関に向かった。

校舎の扉まで、石段が三段あった。

入学試験などでアカデミーを訪れたとき、何度もこの石段を上がり降りしていた。

そのときは石畳を歩くのと同じ気持ちで、軽い調子で踏みしめていた。

今朝のジョン・マンは氷雨に打たれている三段を、一歩ずつ踏みしめて上がった。

ジェイコブは後ろについて石段を登った。

「学校に通い始めたら、なんてことのない石段だけど」

扉の前でジェイコブはジョン・マンに並びかけた。そして三段の石段を見た。

「初めてここを登った朝は、ぼくもいまのキミと同じように一段ずつ踏みしめたよ」

ふたりは顔を見交《みか》わしてから校舎に入った。

バッグをおろして合羽を脱いだ。

まだ生徒の姿はない。ジョン・マンとジェイコブが今朝の最初の生徒だ。

バッグには防水のために布のふたがついている。ふたを開き、縛《しば》り紐《ひも》をほどいた。

見た目から伝わってくる「プロが使う道具」という印象。ジェイコブは強い感銘を覚えた。その道具を普段使いしているジョン・マンにも、同じ思いを抱いた。

フェアヘブンは雨の多い町である。校舎の入り口には傘立てが何組も置かれていた。

自分の傘を立ててから、ジェイコブはジョン・マンがバッグを開くさまに見入った。

最初に履き替えの靴を取り出したとき、ヘンリック・ウェルズが玄関に出てきた。

生徒ふたりは直立した。ジョン・マンも校長ウェルズを分かっていた。

「昨日に続き、今朝もキミのほうがジェイコブよりも早く学校に来たようだね」

校長室はスプリング通りに面した二階に構えられている。ウェルズ校長はなんと、昨日の朝もジョン・マンの姿を見ていたようだ。

「今日から入学を許されましたマンジロウ・ナカハマです」

校長は笑みを浮かべてうなずいた。

「分からないことがあれば、ジェイコブから教わりなさい」

慈愛に満ちた笑顔でジョン・マンを見てから、校長は二階へと戻って行った。

ジョン・マンは玄関の内側で制服に着替えた。ジェイコブの目が、また見開かれた。

「マンジロウは、どうしてそんなに制服が似合うんだ?」

ジェイコブは正味で感心したようだ。

「去年の五月まで、ぼくは捕鯨船に乗っていたんだ」

「えっ……」

束《つか》の間《ま》絶句してから、ジェイコブはさらに問いを重ねた。

「だとしたらマンジロウ、キミはいま幾つなんだよ」

ハーディー先生からジョン・マンのことを聞かされたと、ジェイコブは言っていた。しかし先生は、詳《くわ》しいことは一切話していなかったようだ。

「ぼくは十七だけど、ジェイコブは？」

「十八だよ」

答えたジェイコブは、ジョン・マンを見る目の光を強めた。

「いま十七ということは、十六で捕鯨船に乗っていたということなのか？」

ジョン・マンは深くうなずいた。

「十四から十六まで、ほぼ二年間ジョン・ハウランド号に乗っていたんだ」

気負いなく答えたが、ジェイコブは感嘆のあまりに声が出なくなっていた。

「続きは教室に入ってからにしないか？」

ジョン・マンに促されて、ジェイコブもそれに気づいたらしい。

階段脇の壁には丸い時計が掛けられている。ふたりが話を続けていた間に、時計は七時四十四分を指していた。

雨降りの朝は、遅刻をしないように生徒たちは早出をするらしい。ジョン・マンとジェイコブが階段に向かおうとしたとき、生徒たちがなだれ込んできた。

全員が寄宿舎から通っているようだ。ひとりも傘は持っていなかった。

「おはよう。今日からアカデミーに通えることになったマンジロウ・ナカハマです」

生徒たちに自分から名乗った。

しかし十四人いた生徒は、だれひとり返事もあいさつもせず、ジョン・マンを押しのけて階段を駆け上がった。

ジェイコブは困惑顔になっていた。

「みんな、宿題の残りが気がかりなんだと思う。昨日は宿題が多かったから」

悪気があってのことではないと、ジェイコブは取りなしに懸命だった。

「平気だよ、ジェイコブ」

ジョン・マンは気にもとめていないという表情をジェイコブに向けた。

「さっきジェイコブはぼくが捕鯨船に乗っていたのかと驚いただろう？」

「びっくりしたよ」

ジェイコブは即座に答えた。

「船のなかはおとなばかりでさ。ぼくには、おとなが話すこともすることも、なにもかにもが珍しいことだらけだった」

ジョン・マンはバッグをジェイコブに持たせてみた。バッグに残っていた雨粒が、床に転がり落ちた。

「マンジロウは、あの雨のなかを歩いてきたんだよね？」

「スコンチカットネックからだよ」

道のりを聞いて、ジェイコブはバッグをしげしげと見詰めた。

「どういうわけで、まったくバッグの内側は濡れてないんだよ」

「おとなが作った品物だからさ」

ジョン・マンの答えに合点《がてん》がいかないらしい。ジェイコブはさらに詳しい説明を求めた。

ジョン・マンは連れだって階段を上りながら、続きを話した。

「このバッグはリオデジャネイロで誂えてもらったんだ」

「リオデジャネイロって、あの赤道の向こうのリオのこと？」

ジョン・マンがうなずくと、気を昂ぶらせたジェイコブは階段で立ち止まった。

「授業ではリオデジャネイロだとか、南米大陸南端のホーン岬だとかを教わるけど、マンジロウは本当にそこに行ったのか」

「ホーン岬も回ったし、さらに南にある南氷洋にも行ったよ」

今朝学校に履いてきたブーツは、甲板作業に使うものだと言い添えた。

「本当に凄いなあ」

ジェイコブが心底の感心声を漏《も》らしたとき、教室の前に着いた。

ジョン・マンはなかに入る前に立ち止まり、ジェイコブを見た。

「さっき返事をしてくれなかった仲間を」

ジョン・マンは防水バッグの肩紐をぎゅっと摑んだ。

「今日の終業時までには、ぼくを意識しているように変えてみせる」

ジェイコブへの宣言から、ジョン・マンのバートレット・アカデミー初日が始まった。

十四歳の十二月から世界の海を、おとなばかりの捕鯨船で奔《はし》ってきたんだ……。

ジョン・マンは自負心を炸裂させていた。

十

バートレット・アカデミーの昼休みは正午から五十分間だ。

学校中庭には中型のベル（告知鐘《がね》）が吊《つる》されている。アカデミー卒業生が船長を務《つと》めた捕鯨船が廃船となったとき、船から降ろしたベルである。

捕鯨船の操舵手《そうだしゅ》の後ろに吊されていた当時は、食事の支度の完了と消灯を船員に報《しら》せた。

波濤《はとう》を越えて突進するときでも、甲板下のAデッキにまで伝わる響きのよさが自慢の告知ベルだ。

潮風に吹かれても、海水混じりの雨に打たれても、錆《さび》の浮かない真鍮《しんちゅう》製である。

カラ――ン、カラ――ン。

ベルが二度鳴り響くと同時に、講師は直《ただ》ちに授業を終えた。これもまた捕鯨船の伝統を受け継いでいた。

航海時、船員たちの一番の楽しみは就寝、次いで食事である。

就寝の報せは三点鐘《さんてんしょう》、食事は二点鐘で報せた。バートレット・アカデミーも昼休みを二点鐘で報せていた。

「一緒に行こう」

「よろしく」

ジェイコブとジョン・マンは連れだって食堂に向かった。

校舎二階の西端に設けられた食堂には、四人用のテーブルが二十台設置されていた。

部屋の中央には大型の石炭ストーブが置かれている。ストーブには二ガロン（約七・六リットル）用の大きな湯沸かしが載っていた。

水が口まで注ぎ入れられているらしい。湯気とともに沸騰した湯が飛び散っていた。

「あれは水を入れすぎだ」

ストーブそばのテーブルについたジョン・マンは、デイジーが拵えたランチをテーブルに置いた。

「ここで待ってて」

ジェイコブに言い置くなり、強い湯気を噴き出している湯沸かしに近寄った。

「気をつけて、マンジロウ。重たくて、把手を持つのが大変だから」

ジェイコブが案じ顔で教えた声は、他のクラスメイトにも聞こえていた。

「ノープロブレム」

ジョン・マンは片手をあげて答えた。

ストーブ上の湯沸かしは、ジョン・マンの胸の高さにあった。目一杯に注がれた水が沸騰している湯沸かしは、把手を摑んで持ち上げるだけでも難儀だ。

ジョン・マンはズボンの尻ポケットに突っ込んでいた手袋を両手にはめた。アザラシの皮で拵えた手袋も、合羽同様に南氷洋捕鯨時の支給品だった。

氷雨のなかを登校してきたジョン・マンは、支給品の手袋をはめていた。ストーブで乾かすつもりだったが、いまは把手を摑むのに役立っていた。

「大きめのカップをふたつ、テーブルに用意してくれないか」

「OK」

立ち上がったジェイコブは、食器棚から特大のマグカップ二個を持ち出してきた。

ジョン・マンは腰をかがめ気味にし、足首の動きを自由にして把手を摑んだ。揺れる船上では、この形が一番モノを運びやすかった。

軽々と湯沸かしを持ち上げたジョン・マンは、カップそれぞれに湯を注ぎ入れた。湯が減った湯沸かしはストーブに戻されても、湯気を噴き出すだけだった。

「用務員のベンダーさんは自分が大柄なものだから、水の量を減らしてと何度頼んでも入れすぎるんだ」

ジェイコブが小声で愚痴《ぐち》をこぼした。

「ぼくは力持ちじゃないから、湯が一杯のときは湯沸かしを持てない」

今日は熱い湯が飲めて嬉しいと、ジェイコブは喜んだ。

「ベンダーさんは、きっと船に乗ったことのないひとだと思う」

ジョン・マンの言い分を聞いたジェイコブは、ランチボックスを開いていた手の動きを止めた。

「会ったこともないのに、どうしてマンジロウにはそれが分かったんだ？」

ベンダーの来歴をジェイコブは聞かせた。

用務員のベンダーは身長が六フィート（約百八十三センチ）もある大男だ。ニューポート近くの森林のランバージャック（木こり）だったが、力仕事がきつくなったことで用務員に職業替えした。

「ぼくがベンダーさんのことを知ったのは、つい最近なのに……」

ジェイコブは問いかけるような目をジョン・マンに向けた。

「船乗りならどんな新米でも、湯沸かしには五分の三しか水を注がないんだ」

揺れる船では、沸騰した湯は凶器も同然である。二ガロン用の湯沸かしなど、船上で使う者はいない。

ましてや注ぎ口から溢《あふ》れるほど水を入れたりは断じてしなかった。

「マンジロウって、なんでも知っているんだなあ」

ジェイコブは他人の美点を素直に、真正面から認められるらしい。

マグカップに注ぎ入れた湯を、しげしげと見詰めた。

「重たい湯沸かしの持ち方も、とっても上手だったよ」

「コツさえ身につければ、ジェイコブだって軽々と持ち上げられるさ」

ジョン・マンの答えを聞いて、ジェイコブは瞳《ひとみ》を見開いた。

「いつか、そのコツを教えてくれる？」

「いまでもいいよ」

ジョン・マンが答えたとき、クラス仲間七人が連れ立ってテーブルに近寄ってきた。

「おまえは捕鯨船に乗っていたのが自慢らしいが、ただの水夫だろう？」

厚手のセーターを着たトム・リングがテーブルに詰め寄ってきた。ジョン・マンよりあたまひとつ大きい。

セーターの胸元が膨らんで見えるほどに、分厚い胸板をしていた。

「ここは一等航海士か船長になるために航海術を習得するアカデミーだ」

捕鯨船の水夫だったぐらいで大きな顔をするんじゃないと、リングは凄んだ。

食べかけのサンドイッチをボックスに戻し、ジョン・マンは立ち上がった。

「おれは捕鯨船に乗ってきたことを自慢する気なんか、さらさらない」

トムを見上げたまま、ジョン・マンはマグカップの白湯《さゆ》をすすった。

トムの周りの六人が、低い声を漏らした。

トムの父親はニューベッドフォード港に四杯の漁船を係留していた。自らも操船する、水産会社のオーナー船長だ。

こども時分から船に乗ってきたトムは身体も大柄だし、腕力も強い。太い腕でロープを扱うと、セイルも素直に従った。

実習船ではスキッパー（艇長《ていちょう》）役を務めることが多く、クラス仲間もトムを信頼していた。

そんなトムと、ジョン・マンは正面から向き合っていた。

「ジャパニーズの漂流民のくせに、いっぱしの口をきくじゃないか」

トムはジョン・マンとの間合いを詰めた。

「ジェイコブは身体が細くて力も大してないが、あたまのよさではクラスで一番だ」

そんなジェイコブに、あれこれ捕鯨船の自慢話を吹き込んでいる。

「外洋に出たことのないジェイコブに、おまえは嘘《うそ》を並べ立てているんじゃないのか」

トムは強い口調で言い放った。

「おれが話していることは、嘘でも自慢話でもない」

「自慢でも嘘でもないと言うなら、いったいなんだ、マンジロウ」

トムの声がひときわ尖《とが》った。

「船乗りの誇りだ」

外洋を走れば、だれにでも身につく誇りだと、ジョン・マンは胸を張って言い切った。

「トムの言う通り、おれはただの水夫だった。しかし水夫でも世界の海を渡ってきた」

赤道を越えたことが四回あると静かな口調で告げた。

言葉に詰まったトムは、怒りで目の端が吊り上がっていた。

「そんなに偉そうなことを言うなら、おい、マンジロウ」

口ごもったトムの代わりに、仲間のひとりタック・キングがジョン・マンに声を投げた。

「四回も越えた赤道がどんなだったか、おれたちにこの場で話してみろよ」

ホラ話だったら容赦はしないぞと、タックは拳を固めて突き出した。

タックの言い分に五人が口笛を吹いて囃《はや》し立てた。

湯沸かしから強い湯気が噴き出していた。

十一

バケツに山盛りの石炭を詰めた用務員のベンダーが、ストーブに近寄ってきた。

「ランチタイムは残り十五分だぞ」

ベンダーはトム・リングを見ながら、ランチタイムの終了が近いと告げた。

「分かってるさ、そんなこと」

トム・リングは相手を見下した口調で応じ、胸を突き出した。

十八歳ながらトムの上背は五・六フィート（約百七十センチ）あった。背丈に応じて身体の肉付きもいい。

突き出した胸板は分厚かった。

「分かっていればいい」

石炭を半分くべたベンダーは、バケツをその場に残して食堂から出て行った。

「それじゃあマンジロウ、話を聞かせてもらおうか」

トムの後ろに下がっていたタック・キングが、ジョン・マンの前に迫ってきた。

「ぼくはいいけどベンダーさんが言ってたように、ランチタイムの終了が近い。午後の授業が終わったあとで、ゆっくりここで話をするというのはどうだ?」

ジョン・マンの言い分には、トムを含む七人が同意した。

食堂は教官たちも、休憩や打ち合わせに使ったりする。

アカデミーの生徒は放課後も、十八時まで使うことが許されていた。

「あとで聞かせてもらう話が楽しみだぜ」

あごを突き出したタックは、言葉で挑みかかっているかのようだった。

「教室に戻ろう」

トムが言うと、仲間たちはあとに従った。

実習船でスキッパーを務めるトムは、アカデミーのなかでもスキッパーだった。

ストーブのそばにはジェイコブとジョン・マンだけが残っていた。

食堂の壁に掛けられた丸時計は、十二時四十二分を指していた。

五分前の着席実行は、アカデミーの掟のようなものだ。

ストーブの近くからバケツを遠ざけてから、ジョン・マンはジェイコブと連れだって教室に向かった。

バケツを置いた場所が気がかりだったのか、ベンダーは食堂に戻っていた。

ジョン・マンが遠ざけるのを目の当《ま》たりにしたあとは、満足げな表情で食堂を出た。

＊

午後の授業は座学二講座で、十四時五十分に終了した。

マンジロウが捕鯨船の話をする。

このことはクラスの全員に知れ渡っていた。食堂には十六人の生徒が、マンジロウの話を聞くために詰めかけた。

アカデミーの食堂には移動させられる黒板と、赤白二色のチョークが用意されていた。

教官たちは夕餉《ゆうげ》を摂りながら、食堂で会議を開くことがある。黒板とチョークはその備品だった。

ジョン・マンはあらかじめ用務員のベンダーに、備品使用の許しを願い出ていた。

「捕鯨船時代の話をするとき、絵で示すことになりますから」

理由を聞かされたベンダーは、即座に承知した。

「教務主任には、わたしから話を通しておくから大丈夫だ」

都合がつけば、わたしも聞きたいとジョン・マンに告げた。

「石炭を持って行ったほうがいい。今日は一段と凍えが厳しい」

石炭を山盛りにしたバケツを、ベンダーはジョン・マンに手渡した。

運び上げた石炭をストーブにたっぷりくべて、黒板を近くに移してからジョン・マンは話を始めた。

「長すぎると飽きるし、帰りが遅くなり過ぎると家のひとが心配する」

いまから九十分以内で話を終わらせると、最初に伝えた。

「まるで授業みたいだ」

ひとりが言ったことで、全員が大きく沸いた。トムまでも笑みを浮かべていた。

白いチョークを手にしたジョン・マンは、話す予定の項目をボードに記した。
①南氷洋
②支給された品々
③赤道越え
これら三項目を書き終えて、仲間のほうに振り返った。

ボードの項目を見ただけで、多くの仲間が目を輝かせている。南氷洋の話が聞けることに、気を昂ぶらせているようだった。

「南氷洋は南米大陸の先端、ホーン岬の先に広がる凍えた海です」

素手で甲板の手すりやホエール・ボートの鉄輪に触れたりすれば、たちまち手のひらが鉄にくっついてしまう。

「この手袋が手のひらと指を守ってくれます」

ジョン・マンは分厚い手袋をはめて見せたあと、足を持ち上げてブーツも見せた。

「南氷洋で捕鯨をする間は、手足ともにしっかりと防寒具で守ります。しかし顔を隠すことはできません。眉毛も凍り付きます」

実際に体験した者ならではの細かなジェスチャーと、ボードに描いた絵図。

これらを使い、ジョン・マンは南氷洋の説明を続けた。

話の途中で大半の仲間がバッグから筆記用具を取り出した。そしてジョン・マンがボードに描いた絵図を描き写し始めた。

「南氷洋の氷山は、ただそこに浮かんでいるだけじゃない。陽に照らされた部分は、昼間のうちに内部が溶けたりするんです」

陽が沈んだあとで、溶けた氷山が崩れ始める。ひとつの塊が海に落ちると、桁違《けたちが》いに大きなしぶきが飛び散る。

「氷山から二百ヤード（約百八十二メートル）も離れているジョン・ハウランド号の甲板にまで、しぶきが届くんだ」

熱の入ったジョン・マンは、いささか大げさな距離を口にした。

まさに水夫のホラ話だ。

しかし距離は大げさでも、話の中身はすべてまことのことだ。

食堂に集まった全員が、ジョン・マンの話に聞き入っていた。

「氷山が崩れ落ちたときは、ドーン、ドーンと地鳴りのような音がします」

バース（寝台）で眠り込んでいる水夫が、音に驚いて飛び起きる……ジョン・ハウランド号での体験談は、クラスメイトを魅了していた。

凍えた海に落ちたバディー（相棒）を助けたことで、ジョン・マンと呼ばれることになった。その経緯のあらましも、仲間に話した。

「今日のフェアヘブンは凍えているけど、南氷洋に比べたらハワイみたいなものだ」

ハワイと聞いて、仲間の目の光が強くなった。南海に浮かぶパラダイス島として、フェアヘブンやニューベッドフォードでも、ハワイは大いに人気があった。

「フェアヘブンなら真冬のいまでも、防寒具さえ忘れなければ大怪我《けが》を負うことはない」

南氷洋では針の先ほどの気の抜かりが、水夫の命を奪うことになる……ジョン・マンのこの説明には、トムが大きくうなずいた。

実習船の訓練で、いつもトムは同じことを仲間に言っていたからだ。

赤道の話に移ったときは、トムが黒板前のテーブルに陣取っていた。

予定より十分早く、ジョン・マンは話の閉じに入った。

「ぼくが身につけている合羽もブーツも、そして手袋も、決して大げさではありません」

これを身につけていることで、航海の安全精神を忘れずにいられると、話を結んだ。

「もっと聞かせてくれよ、ジョン・マン」

マンジロウからジョン・マンへと、自然な成り行きで呼び方が変わっていた。

「今度はみんなで、ミネルバ・ピッツアを食べながら話を聞こうぜ」

「大賛成だ」

クラスメイトの返事は、心底ジョン・マンの話を聞きたがっていた。

十二

一八四四年二月五日、月曜日。バートレット・アカデミー

毎週月曜日のバートレット・アカデミー校の授業には、晴雨にかかわりなく実習船での航海トレーニングが組まれていた。

二月五日月曜日、午前九時二十分。

先週からの氷雨が降り続くなか、生徒たちは栈橋《さんばし》に向けて学校前をスタートした。

ワシントン通り西の突き当たりには漁船も係留されている栈橋があり、二番埠頭《ふとう》には実習船ミスティック号が舫《もや》われていた。

雨具姿の生徒二十名はスキッパー役のトム・リングを先頭に、一列縦隊で埠頭を目指した。

スプリング通りとメイン通りの交わる角には、この町ではめずらしいレンガ造りの平屋、ミネルバ・ピッツアハウスがある。

月曜日朝は店の親爺《おやじ》と娘のウロジーナが、実習生を店先で見送るのが慣わしとなっていた。

実習船トレーニングは十時から十四時までの四時間だ。船では料理当番の作る昼食が供された。

が、大揺れする船ではどの生徒も腹一杯に食べる元気がなかった。

陸に上がったあとの空腹を満たしてくれるのが、ミネルバ・ピッツアハウスである。

実習のある月曜日の下校時には、先を争って生徒たちが押しかけた。

店にとっては大事なお得意さんである。

ふたりは埠頭に向かう生徒たちを、笑顔で手を振りながら見送った。

先頭を行く代々のスキッパーには、店の親爺と娘に敬礼する栄誉が与えられていた。

雨具のひさしを上にずらしたトムはふたりに敬礼し、胸を張って通り過ぎた。

ウロジーナも通り過ぎたトムを、鳶色《とびいろ》の瞳を潤ませて見送っていた。

実習船ミスティック号は、排水量七十トンの小型沿岸捕鯨船を改造した帆船だ。

外洋を走る現役の捕鯨船に比べれば、排水量は約五分の一だ。が、船体は小さくても三本マストのシップ型帆船である。

ジョン・マンがトリシマで救助されたあと、二年の間乗船してきたジョン・ハウランド号と、ミスティック号は同じ形をしていた。

実習船の教官は現役の一等航海士、スティーブ・ピットだ。

午前九時五十分に、実習生全員が二番埠頭前に整列した。

ジョン・マンが着用しているのは、南氷洋仕様の防寒合羽にブーツだ。毛皮の内張がある合羽は、体温の保温性に優れていた。

強く降る氷雨にからみつかれた生徒たちは、乗船前からすでに身体を震わせている。

ジョン・マンは白い息を吐きながらも、背筋は真っ直ぐに伸びていた。

教官スティーブは、定刻五分前に生徒たちの前に立った。

濃紺のレインコートは、ボタンが金色である。袖の飾りボタンは氷雨のなかでも輝きを失ってはいなかった。

教官がかぶっている白の制帽には、防水ワックスが塗られている。雨粒は帽子のてっぺんで玉を結んでいた。

本日の実習船乗組員（生徒）は二十名。

スキッパーはトム・リングで、ボースン（水夫長）はクラスで一番大柄のロッド・スミスである。

スキッパーもボースンも、クラス仲間が強く推《お》したことでその役に就《つ》いていた。

先週の土曜日に入学したばかりのジョン・マンには、今日が初の実習船である。

肩から斜め掛けにしている大型の帆布バッグには、ジョン・マンが長らく使っているナイフと砥石、釣り糸と釣り針、そして小麦粉と岩塩の詰まったガラス瓶が収まっていた。

ポケット・ウオッチ（懐中時計）を見た教官が、スキッパーに目配せをした。

スキッパーはボースンにうなずきを示した。

ビイイ――。

ボースンが吹いた笛の鈍い音が、氷雨を突き破って響いた。

水夫たちがブーツのかかとをそろえたとき。

ガラ――ン……ガラ――ン……。

ニューベッドフォードの大時計が午前十時を告げ始めた。

今日の昼は、たるばあ、うまいもんを食わいちゃるきに。

ジョン・マンは胸の内で言い切った。

土佐弁には母が宿されていた。

アカデミーの初実習である。

胸の内に期するものがあるジョン・マンには、母が同居する土佐弁こそ、最強の味方だった。

とはいえ大事な故郷の言葉なのに、日に日に忘れていると痛感していた。

土佐弁を身近に繋《つな》ぎ止めておくためにも、いまは意識して土佐弁を胸の内で使っていた。

＊

土佐弁を忘れていることと裏腹に、ジョン・マンの英語は日ごとに達者になっていた。

話すだけではなく、文字を書くことも上達は著しかった。

とりわけ筆記体で書く文字の美しさには、授業ノートを見たアルバティーナが驚嘆の声を漏らしたほどだった。

「あなたのこの美しい文字で、ジャパンを詠《よ》んだ詩を、いつの日にか書いて……」

出産を控えた船長の新妻は、おなかを撫でながらジョン・マンの字を褒めた。

アルバティーナが見たノートは、初登校した二月三日午後の授業で教わった内容だった。

科目は航海術の座学で、教科書はナザニエル・ボーディッチ著のあ、、、の書籍だった。

『The New American Practical Navigator』

「新アメリカ実践的航海士」と、ジョン・マンは日本語に置き換えていた。

アカデミーへの登校が始まる前、何度も何度も読み返していた図書である。

ニューベッドフォードの書店で購入した初日は、一行ずつ日本語に置き換えながら読もうと努めた。

「新アメリカ実践的航海士」という題名も、初日に思いついた言葉だった。

しかし本のページをめくるにつれて、日本語への置き換えがむずかしくなった。

置き換えようにも、置き換える日本語を知らなかったのだ。

ジョン・マンは十四歳まで土佐で育った。

その間に覚えた土佐弁（日本語）は多数あった。が、それら覚えた言葉の大半は、漁にかかわることと、かい、、しき（炊事役）につながる日常語だった。

Practical Navigatorという英語は、ジョン・ハウランド号航海中に何度も耳にしていた。

ホイットフィールドに呼ばれて船長室に入ったとき、ジョン・マンは言われた。

「実践的な航海士（Practical Navigator）になるために、フェアヘブンのバートレット・アカデミーに通学しなさい」と。

ボーディッチ著の教科書の題名は、なんとか知っている範囲の日本語に置き換えができた。

とはいえジョン・マンは日本語の読み書きを習ったわけではない。置き換えた「新アメリカ実践的航海士」という題名は文字ではなく、言葉として記憶に留めただけである。

授業が始まったあとは、英語の記述を英語で理解した。教科書の記述内容も教官の解説も、ジョン・マンの知っている日本語の範囲を大きく超えていた。

初めて耳にする英語が幾つもあった。が、理解できずに困ることはなかった。

教官スティーブ・ピットは、生徒が理解できたと実感するまでは、何度でも同じことを説明した。

同じことを二度目に説明するときは、より易しい単語を使った。

理解できる英語が、二月に入学したジョン・マン以下である生徒が三人もいた。

それらの生徒のために、スティーブは表現を変えて、何度も何度も説明した。

ジョン・マンはそのスティーブの説明を、ていねいにノートに書き取った。

乱暴な文字で書くと、記載する内容の理解が雑になる。それを避けるために、小学校の綴《つづ》り方で教わった手本通りの文字で書いた。

アルバティーナが感心したのは、そのノートだった。

筆記体が美しいだけではない。授業の内容が要約して記載されていたのだ。

授業内容を正確に理解できていればこその要約である。

読み終えたとき、アルバティーナの安堵は深かった。

＊

授業の終了間際に、スティーブは生徒に問いかけた。

「来週月曜日の実習で、料理当番を志願する者はだれだ？」

問われた生徒たちは沈黙した。目を伏せて、机を見詰める者もいた。

「料理当番って、なんのこと？」

実習船のことを詳しく知らないジョン・マンは、隣のジェイコブに小声で問うた。

「航海トレーニングのランチを作る当番のことさ」

料理当番は出帆後も甲板で作業に就くことはなく、Aデッキの調理場でひたすら生徒と教官のランチを作るのが任務だ。

揺れる船で料理するのは大変である。

キッチンは狭いし、火力も限られている。

散々に苦労して料理しても、生徒たちはあからさまにまずいを連発した。

苦労が報われず、甲板でロープを操る実習にも参加できない損な役回りだ。

毎週二名が料理当番に就いた。志願生徒がいなければ、教官が指名する決まりである。

だれも挙手しないでいると、ジョン・マンが右手を高く挙げた。

「わたしが料理当番を引き受けます」

澄んだ声を聞いて、クラスの面々がどよめいた。

昼休み終了間際に、トムたちに絡《から》まれた一件は全員が知っていた。

そんなジョン・マンが、だれもが嫌がる当番を引き受けますと手を挙げたのだ。

「キミは実習船が今回初めてだが、引き受けてくれるのか？」

スティーブは「キミにできるのか」とは問わなかった。

「やらせてください」

ジョン・マンは明瞭《めいりょう》な返事をした。

「本気か、あいつは？」

小声で問いかけた生徒の口を、他の者たちがふさぎにかかった。

「やらせておけばいいさ」

「いやな当番を引き受けてくれたら、おれたちはラッキーじゃないか」

さまざまな思いを秘めた目がジョン・マンを見ていた。

＊

ミスティック号が二番埠頭を離れたときには、氷雨は一段と雨脚を強めていた。

フォート・フェニックスを出たところで、ジョン・マンとジェイコブは甲板からAデッキに下りた。

ジェイコブも料理当番を志願していた。

「うまいランチは、新鮮なコッド（鱈《たら》）を釣り上げることからスタートするぜ」

ジョン・マンの歯の白さが、薄明かりのキッチンで際立《きわだ》っていた。

十三

外洋に出ると、風雨が強まった。

船は大揺れしているが、生徒たち各自が持ち場で機敏な動きを見せていた。

「半速直進」

「半速直進にします」

スキッパーの指示を復唱した操舵手は、舵輪が回らぬように強く握った。

ボースンは大声で半帆《はんぱん》を号令した。

「イエス、ボースン！」

明瞭な物言いで答えた生徒たちは、敏捷《びんしょう》に動いた。ロープを巻き上げるキャプスタン（巻き取り柱）に棒を差し込み、反時計回りに回し始めた。

三本マストのミスティック号には、キャプスタンは三柱備わっている。一柱につき三人の生徒が呼吸を合わせて回した。

キャプスタンの根元には木製の歯車がついている。逆回転を防ぐ装置（ラッチ）が、しっかりと歯を噛んでいた。

キャプスタンを回すたびに、ラッチがカチッカチッと音を立てた。

実習生たちの動きに無駄《むだ》がないのは、スキッパーの指図とボースンの号令が、どちらも分かりやすかったからだ。

とりわけボースンのロッド・スミスの号令にはぶれがなく、声は明瞭である。

「ボースンの号令を聞けば、なにをすればいいのかがよく分かる」

仲間は厚い信頼を寄せていた。

「半帆を確認せよ」

号令を聞くなり各マストのセイル掛《がかり》が、帆《ほ》を見上げて状態を確かめた。

ロッドも他の仲間と同じ十八歳だが、十四ですでに野太い声に声変わりしていた。

声変わりと同時に、いきなり上背が伸び始めた。去年九月の入学後もまだ伸び続けており、いまではバートレット・アカデミーで一番の身長となっていた。

野太い声の号令は氷雨も波しぶきも蹴散《けち》らして、全員の耳に届いた。

右舷《うげん》中央に立っている教官のスティーブは、ロッドの動きを見詰めていた。

一等航海士にはめずらしく、スティーブはボースンを経験していた。

実習船ながら、ロッドは見事な動きでボースンを務めている。
この男なら、だれもが信頼する航海士となるに違いないとスティーブは確信した。
雨脚を強めた氷雨をものともせずに、的確な号令を発し続けているロッド。
スティーブはいま、あの日のことを思い出していた。
ロッドと向き合い、実習船のボースン就任を受けるかと質《ただ》した日のことを、である。
目を閉じたスティーブから、深い息が漏れた。たちまち息は真っ白く濁った。
ロッドを始めとする二十名は、だれもが士官候補生たりうる生徒ばかりだ。
なんと自分は生徒に恵まれていることか。
込み上げてきた感謝の思いが、スティーブに目を閉じさせていた。

＊

スキッパーはトム・リング。
ボースンはロッド・スミス。
十九人の投票結果をスティーブが黒板に書くと、トムとロッドを除く全員が起立して拍手をした。

教官の指図でふたりも立ち上がった。拍手がさらに勢いを増していた。

授業後、スティーブはトムとロッドをひとりずつ、教官室に入室させた。

スキッパーのトムを先に呼び入れた。

トムの父親ハンフリー・リングは現役の捕鯨船オーナー船長で、いまも出漁中だった。

「父の喜ぶ顔が目に浮かびます」

スキッパーに推されたことを誇りに思いますと、トムは胸を張った。

ハンフリーはハイアニスのアカデミー卒業生だが、実習船ではヒラの水夫だった。

去年五月、ジョン・マンがニューベッドフォードに上陸した一週間後に、ハンフリーは捕鯨船オーシャン・ウエルズ号で出漁した。

戻ってくるのはクジラ次第だが、早くても三年先である。

「父が帰ってきたときには、自分も二等航海士となっていられるように努力します」

仲間から推されてのスキッパー就任要請を、トムは顔を引き締めて受諾した。

ボースン就任を求められたロッド・スミスは苗字《みょうじ》の通り鍛冶屋《かじや》（スミス）の長男である。

メイン通りの南端、フォート・フェニックス近くで鍛冶屋を営むスミス家は、同じ場所で三代続いていた。

ロッドの父親スタイグ・スミスは銛造《もり》り職人である。

銛造りの本場はフォールリバーだが、スタイグの銛は他の州からもハープーナー（銛打ち）が買い求めにくる名品とされていた。

ロッドは父親に弟子入りし、自分も銛造り職人で生きていこうと考えていた。

スタイグは息子の希望を承知のうえで、あえてバートレット・アカデミーに入学するように諭した。

「海を知っている職人は皆無に近い。おれも捕鯨船に乗ったことはない」

鍛冶場の椅子《いす》に腰掛けた父親は、自分の前に立つ息子を見上げて話を続けた。

「おまえが十九で学校を卒業し、海を三年回ってきたとしても、まだ二十二だ」

職人として腕を鍛えるとすれば、まだ充分に若いと、静かな口調で告げた。

「捕鯨の現場を両目で見て、潮のにおいを身体に刻みつけてこい。海を知り尽くしている初めての銛造り職人に、おまえがなれ」

捕鯨船に乗るからには士官の身分を獲得しろと、スタイグは続けた。

「下っ端《したっぱ》の水夫と士官とでは、同じ船に乗っていても体験できる中身はまるで違う」

ニューベッドフォードの酒場で、スタイグはこれを何十回も聞いていた。聞かせたのは全員が水夫で、士官を散々に羨《うらや》んだあと、ショットグラスを一気に干した。

「首席で卒業しろ。実習船では仲間からスキッパーかボースンに推されるように、いつも堂々と振る舞うことを忘れるな」

父親の諭しを、ロッドは六・一フィート（約百八十六センチ）の身体を直立させて聞いていた。

ロッドから父親とのやり取りを聞き終えたスティーブは、背もたれから上体を起こした。

「キミは仲間から要請のあったボースン就任を引き受けるか？」

「イエス、オフィサー」

ロッドはかかとを合わせて返答した。

自分より二インチも身長が高いロッドを初めて見たときから、この生徒こそスキッパーに適任だとスティーブは思っていた。

投票結果がボースンとなったとき、スティーブは生徒たちの慧眼《けいがん》に感心した。

実習船で水夫と常に向き合っているのはスキッパーではなく、ボースンである。

上背の高さが図抜けており、野太い声を発するロッドは、そこに立っているだけで安心できると、仲間のだれもが感じたのだろう。

しかもロッドは学業の成績にも秀でていた。

ただ身体つきが大柄なだけでは、真の安心感を仲間に与えることはできない。

緊急事態に遭遇しても、あの頭脳の持ち主なら正しい判断をしてくれる……。

クラス仲間にはそのことも分かっていた。

実習船のキーマンはボースン。

教官を初めて務めることになったスティーブは、生徒からこれを教わった。

この生徒たちなら、学校と交わした契約内容も遂行できると、強い手応《てごた》えを感じた。

バートレット・アカデミーは、未来の二等航海士を養成する学校である。

スティーブ・ピットは去年（一八四三年）九月に、新入生十九名の主任教官に就いた。

彼は教官就任契約の締結時に、大きな責務を負うと承知でサインした。

一八四五年六月の卒業時、クラスの生徒全員に二等航海士免許を取得させる責務を教官は負うと、契約書に明記されていた。

二年契約を学校と締結したスティーブだが、教官は初体験だった。

コネチカット州ミスティック港を母港とする捕鯨船チャールズ・モーガン号。スティーブはこの船の一等航海士だった。

老朽化した船を二年かけて改造することになり、スティーブは一時的に船を下りた。

下船して半月後の去年六月中旬。

「貴君の卓抜なる航海術技量を、航海士候補生たちに伝授してくれないか」

モーガン号共同船主のひとりでもあるミスティック町長トマス・クラウドから、バートレット・アカデミーの教官に就かないかと打診された。

「モーガン号が生まれ変わるのは一八四五年秋の予定だ」

新造船同様に生まれ変わるまでの間、バートレット・アカデミーはぜひとも貴君をと指名してきておる……強い口調で町長は就任を求めた。

トマス町長とバートレット・アカデミー理事長とは、五年前の実習船売買をきっかけに親交を深めていた。

「本校の教官にふさわしい上級士官を、ぜひとも紹介していただきたい」

理事長から依頼を受けたとき、トマス町長は迷わずスティーブを推薦した。

誠実な人柄と、一等航海士としての能力の高さをトマスは存分に分かっていた。

チャールズ・モーガン号が改造のため、二年間はドック入りすることも、スティーブを推薦する大きな理由だった。

先方が名指しで貴君を……と、町長は口にした。まことはトマスが強く推していたのだ。

モーガン号の船長任命権を持つトマス町長の打診である。断れるものではなかった。

「ありがたく拝命します」

スティーブはその場で引き受けた。

教官就任の契約は、バートレット・アカデミーの理事長室で行われた。

「生徒は十九名、来年二月にはひとり加わり二十名になる」

一八四五年の卒業時には、生徒全員に二等航海士免許を取得させていること。

この条件でスティーブは年俸八百ドルという破格の高給で雇用された。

「トマス町長からも、貴君のことは強い推薦を受けている」

互いにサインを交わしたあと、理事長はスティーブの手を強く握った。

バートレット・アカデミーが目指すのは、実践的航海士の養成である。スティーブはこれ以上望めない高度で最先端の技量と、高い見識を備えていた。

生徒たちも初実習航海で、スティーブの値打ちを思い知った。

ひどい荒天のなかの初実習では、スティーブがランチを調理した。

「とても食べられません」

ボースンもスキッパーも船酔いで蒼白になっていた。

「船酔い退治の魔法の酒だ」

スティーブはショットグラスに注いだ甘口のポルトワインをひと口ずつ呑ませた。

ポルトワインの糖分が空腹の身体を駆け巡った。これで生徒全員が元気を取り戻した。

初実習航海の一回だけ、スティーブがスキッパーを務めた。フォート・フェニックスを過ぎて湾に入ったとき、スープを温め直した。

カップに半分注いだスープが、ひとり分だ。このスープが生徒を元気づけた。

たちまち、強い空腹感を覚えていた。

「今日は特別だ。下船後はミネルバ・ピッツアハウスに向かうぞ」

初実習の下船時には、生徒全員がスティーブに気持ちをからめ取られていた。

*

不意に甲板が騒がしくなった。
閉じていた目を開いたスティーブには、ジョン・マンとジェイコブが見えた。
ふたりは釣り道具を手にしていた。

十四

Aデッキから甲板に上がってきたジョン・マンはジェイコブを伴い、まっすぐボースンの許《もと》に進んだ。

風雨とともに一段と強くなっている。ボースンがかぶった帽子のつばから、ひっきりなしに雨粒が垂れ落ちていた。

「ランチの支度で、甲板左舷《さげん》前方から釣り針を流したいのです」

ジョン・マンとジェイコブはともに大型のバケツを提《さ》げていた。

ジョン・マンのバケツには釣り道具とエサが入っている。ジェイコブが持つバケツにはオレンジ色のライフベストと、両端に金具のついた赤い平帯（命綱）が入っていた。

「ご許可いただけますか？」

大柄なボースンは背を丸め気味にして、戸惑《とまど》い顔を拵えた。料理当番が甲板で魚釣りをするなど、いままでの実習で一度もなかったからだ。

さりとて拒絶する理由はなかった。

「スキッパーに判断を仰ぐ」

ボースンは大揺れしている甲板を、背筋を伸ばした姿勢で船尾に向かった。

スキッパーは操舵手のそばから離れて、ボースンと向き合った。

「本日の料理当番がランチに使うため、左舷前方からの魚釣りの許可を求めています」

ボースンの大声はジョン・マンにも聞こえた。

スキッパーはふたりを手招きした。

ジョン・マンはエサの入ったバケツを片手で提げたまま、軽い足取りで船尾に向かった。

ジェイコブは両手でバケツを持ち、腰を落とした歩き方でジョン・マンを追った。

「揺れはさらに激しくなるが、舷側からの魚釣りに危険はないのか？」

まだ十八歳だが、物言いにはスキッパーとしての威厳が充ちていた。

「本船備品のライフベストを身につけますし、手すりには命綱を結びます」

ジョン・マンとジェイコブはAデッキのロッカーからライフベストと命綱を持参し

ていた。

甲板作業に就く実習生にはベスト着用が義務づけられていた。甲板には出ない料理当番のジョン・マンとジェイコブに着用義務はなかった。

捕鯨船の乗組員にはライフベストも命綱も無用である。無用どころか邪魔ですらあった。

しかしここは実習船である。

バートレット・アカデミーは甲板作業時のライフベスト着用と、操帆作業時の命綱装着のふたつを義務づけていた。

ジェイコブがバケツに納めているベストと命綱を、スキッパーは確認した。

「魚釣りを許可する」

ジョン・マンとジェイコブは直立して敬礼した。

「おいしいランチを楽しみにしている」

答礼したスキッパーは笑顔で付け加えた。

急ぎ左舷前方に戻ったジョン・マンは、合羽を脱いだ。転落などしないからライフベストを着けなくても大丈夫だという自負はあった。が、着用は義務である。

身につけたあと、再び合羽を着た。

去年九月の入学以来、ほぼ毎週実習を続けてきたジェイコブは、慣れた動きでベストを着用した。

ふたりとも命綱を身体に結び、手すりのロープに金具でつなげた。

「しっかり手伝ってくれよ」

「イエス、サー!」

ジェイコブは真顔でジョン・マンに敬礼した。生徒のなかでただひとり、捕鯨船で世界の海を航海してきたジョン・マンである。

二年間も厳しい航海を重ねてきたのに、いまは実習生のスキッパーとボースンの指図に従っている。

ジェイコブはそのことを深く敬っている。敬礼にはジョン・マンへの尊敬が込められていた。

＊

昨日の日曜日。ユニタリアン教会の礼拝後、ジョン・マンはチャンスに連れられてフォート・フェニックス近くの漁港に向かった。

港そばに暮らす、チャンスの古い友人（漁師）を訪ねるためである。

日曜日は安息日で出漁しない……チャンスの友人はこれを厳格に守っていた。

日曜日の礼拝を終えたあとは、桟橋でビールを楽しむ。これが漁師の流儀である。

氷雨もいとわず岸壁にテーブルを出した彼は、なみなみとビールが注ぎ入れられたピッチャーと、ホウロウのビールカップをテーブルに載せていた。

チャンスとジョン・マンは彼の近くで下馬し、手綱を杭《くい》に結《ゆわ》えた。

「頼みがあってやってきた」

チャンスが差し出した右手を、漁師は強く握った。合羽の袖口から出ている腕は、みぞれ模様のなかでも潮焼けしているのが分かった。

「ここで一緒にビールをどうだ？」

「ありがたい、喉が渇いていたところだ」

大きくうなずいた漁師は、ひとり暮らしの平屋に向かった。間をおかず、ホウロウのビールカップ二個を手にして戻ってきた。

ふたりのカップにビールを注ぎ、自分のカップも満たして右手で持った。

「入学おめでとう」

バートレット・アカデミーの動向に、漁師は明るいらしい。氷雨のなかで入学祝いを口にして、カップをぶつけ合った。

「頼みが何かを聞かせてくれ」

口ひげにビールの泡をつけたまま、漁師はチャンスの口を促した。

「明日の実習で、ジョン・マンはみずから料理当番を買って出たんだ」

「いい心がけだ」

漁師の目元がゆるんだ。

「実習船だろうが漁船だろうが、船乗りの一番の楽しみは沖で食うメシだ」

自分から料理当番を願い出るとは見上げたもんだと、漁師は大いに気を良くしていた。

「それでなにが知りたい、ジョン・マン？」

「コッド（鱈）の釣り方を教えてください」

「実習船でフィッシュ＆チップスを作る気か？」

察しのいい漁師は、コッド釣りと聞いただけで、献立まで言い当てた。

「教官を含めて二十一人分です。コッドは何本釣り上げればいいでしょうか？」

ビールカップのなかにみぞれが降り落ちている。ジョン・マンは構わず、ビールを飲み干した。

漁師も自分のカップをカラにした。

「大きなコッドなら二本で充分だ。いまの時季ならフォート・フェニックスの沖三マイルまで出れば、ツキさえあったらコッドは入れ食いだ」

漁師は針と仕掛け、エサ、引き上げ方などを細かに伝授してくれた。

「フィッシュ＆チップスはおれの得意料理だ。味自慢を言っているミネルバ・ピッツアにも、コッドを納めているのはわしだ」

コッド釣りの道具一式に加えて、エサまで分けてくれることになった。

漁船の水槽《すいそう》に降りた漁師は、バケツに納めたエサを運び上げてきた。

「いまのコッドには、この真新しいサーリーの切り身が一番だ」

コッドの大好物だというエサは、秋の宇佐浦沖で獲《と》れたサンマそっくりの魚だった。

「この魚の名前、もう一度教えてください」

ジョン・マンは在所《ざいしょ》を思い出しながら訊ねた。

「サーリーだが、どうかしたか？」

「ジャパンではサンマと言います」

バケツから溢れ出しそうなサンマのなかから、ジョン・マンは一尾を手に持った。

「コッドのエサだというのは分かりましたが、このサンマをどうやって食べるのですか？」

「サーリーを食べるかだって？」

漁師は呆《あき》れ顔で質した。チャンスも理解できないという表情である。

「ジャパンでは秋になれば、多くの家でサンマを炭火で焼きます」

「焼くって……このサーリーを？」

「はい」

サンマを丸ごと七輪の金網に載せると答えた。

漁師はチャンスと驚き顔を見交わしてから、ジョン・マンに目を戻した。

「サーリーをそのまま炭火で焼いたりしたら、凄《すさ》まじい煙《けむり》とひどいにおいが四方に立ちこめることになるだろうに」

「その通りです」

サンマの煙が立ち上る宇佐浦の秋の様子を、漁師とチャンスに聞かせた。

「こんな脂ばかりのサーリーを、丸焼きにするなど信じられない」

フェアヘブンではコッド漁のエサに使う以外は、工場で魚油を採《と》る材料にすると漁師は説明した。

「今度、塩焼きを拵えましょうか？」

漁師とチャンスは肩をすくめ合い、返事はしなかった。

「明日のコッド釣りには、開いたサーリーを半分に切って釣り針に仕掛ければいい」

「ありがとうございます」

深い辞儀で礼を伝えたジョン・マンは、実習船への乗船前にエサと道具一式を受け取りにきますと漁師に申し出た。

「明日ならサーリーもまだ真新しいままだ」

しっかり釣って、美味いランチを調理してやれと、漁師はジョン・マンの背中を叩いた。

サンマの塩焼きの話には、漁師もチャンスも触れず仕舞《じま》いだった。

＊

漁師が言った通り、フォート・フェニックスの沖合にはコッドの群れがいたらしい。

針にサーリーの切り身を仕掛けて流したら、たちまちコッドが喰らいついてきた。

漁師がコッド漁に使う道具である。強く引かれても、糸が切れたり針がもぎ取られたりする心配は無用だった。

わずか十分のうちに、三フィート（約九十一センチ）級のコッドが三尾もかかった。

大物の引き上げは、ボースンが手伝った。

甲板で跳ねるコッドを見た仲間たちは、指笛を吹いてジョン・マンの釣果を称えた。

一部始終を見ていた教官は、三尾目が釣り上げられたときには目元をゆるめていた。

十五

漁師はフィッシュ&チップスの料理法までジョン・マンに伝授していた。

「フライパンをあまり熱くしないのがコツだ。揚げるのではなく、揚げ焼きにすることを忘れなさんな」

漁師から教わったことを、ジョン・マンは忠実に守った。

実習船のキッチンでは石炭を使っていた。木炭より火付きはわるいが、ひとたび熾《お》きれば強烈な火力が長時間得られた。

教室のストーブも石炭である。

「キッチンの火熾《ひおこ》しはぼくに任せてくれ」

ジェイコブの申し出を受け入れたジョン・マンは、甲板でコッドをさばくことにした。

包丁、まな板、切り身を納めるボウル、そして海水を汲み上げるロープつきバケッ。

調理道具一式を抱えて甲板に出てきたジョン・マンに、仲間は驚いた顔を向けた。

氷雨模様で、波濤が飛び散る甲板である。厳寒のなかで釣り上げた魚を調理する者など、いままでひとりもいなかった。

もとはかしき（炊事役）だったジョン・マンは、手早く仕込みを始めた。

三尾のコッドそれぞれを三枚におろし、半身をぶつ切りにした。切り終えた身は、海水で洗った。

コッドの三枚おろしは、実習生たちが初めて目にした調理法である。

大揺れの実習船甲板は吹きさらしで、凍えた強風が吹きつけた。が、揺れも凍えも厭《いと》わず調理を続けるジョン・マンの手元に、仲間の目が釘付けになっていた。

「間違っても真水なんか使うんじゃない。海水の塩気がコッドに絶妙の塩加減を与えてくれるんだ」

漁師は海水を使えと念押しした。

ミネルバ・ピッツアハウスのフィッシュ＆チップスが美味いと評判のいい理由はふたつ。

「極上のコッドをわしが納めていることと、ぶつ切りの身をわしが沖で汲んできた海水で洗っていることだ」

漁師の自慢話を思い返しながら、ぶつ切りにしたコッドを海水で洗った。

ポテトもコッド同様に、海水を使って下拵えを進めた。

いままでの料理当番たちはAデッキの狭《せま》いキッチンで、真水を使って調理していた。

「そうか！」

見ていたひとりが大声を発した。

「海水なら、どれだけ使っても足りなくなることがないよなあ」

「ほどよく塩味もつくだろう」

「ますますランチが楽しみになってきた」

甲板左舷で仕込みを進めるジョン・マンを見て、仲間たちも持ち場の実習に気を集中させた。

下拵えを終えてAデッキに戻ったら、ジェイコブも料理ストーブの石炭火熾しを済ませていた。

朝食のときデイジーは、料理当番のジョン・マンに小麦粉とコーンスターチを用意してくれていた。

アルバティーナは船長がニューヨークで買い求めていた特上オリーブオイルと、英国から輸入したモルトビネガーを大奮発してくれた。

「塩味の利いたフィッシュ&チップスには、モルトビネガーをたっぷり振りかけていただくのが一番なのよ」

ボトル一本分を、余らせることなく使っていらっしゃい……アルバティーナもジョン・マンの初実習船乗船を応援していた。

揚げるのではなく、揚げ焼きにしろ。

漁師の指図《さしず》はまことに明瞭だった。

デイジーが用意してくれた小麦粉を、コッドのぶつ切りにまぶした。

海水で洗ったポテトも、甲板で乱切りに拵えていた。ポテトには軽く岩塩を振ったあと、二十分ほど馴染《なじ》ませておいた。

コッドは外側をカリカリ、身の芯には柔らかさが残るように揚げ焼きした。

ポテトに小麦粉をまぶし、オリーブオイルで揚げ焼きするのはジェイコブが受け持った。

焦《こ》がさぬように気を払いながらも、ジェイコブは調理の間、笑みを浮かべ続けた。

人数分の調理をすべて終えたとき、ジェイコブはジョン・マンの正面で直立した。

「去年九月の一回目から今回を含めて、ぼくは三回料理当番をしてきた」

今回はジョン・マンと一緒に志願したが、他の二回はくじ引きで当番を指名された。

「今回フィッシュ&チップスを作ったことで、いままでの二回はひどい思い違いをしていたことを思い知った」

狭くて揺れるキッチンで、もうひとりの当番と文句を言いながら、いやいや調理した。

「作っている当番が楽しんでなかったんだ、料理が美味いはずがなかった」

ジェイコブは直立姿勢を崩さずに、さらに話を続けた。

「今回ジョン・マンは、自宅から何種類も調味料などを運んできた。漁師からはエサと釣り道具などを借りてきた」

仲間のランチのために、海で釣りをする。

こんなことを思いついた者は、いままでひとりもいなかった。

材料を運んできた者も皆無《かいむ》だった。

「当番は全員がアカデミーに材料を頼み、それを使ってランチを調理しただけだ」

おいしいものを仲間に食べさせたいと思って調理に臨《のぞ》んだ当番など、ひとりもいない。

「アカデミーではバディー（相棒）を大事にしろと、毎日教わっている」

「捕鯨船だって同じだよ、ジェイコブ」

ジョン・マンが言葉を挟《はさ》んだ。深くうなずいたジェイコブは、話の結びを口にした。

「今日のランチで、きっとクラスのだれもがバディーの大事さを考えると思う」

ジェイコブはかかとを合わせて敬礼した。

＊

ミスティック号には実習生と教官の食器が積まれていた。仕上がったフィッシュ＆チップスは、銘々の皿に盛りつけて供された。

食べ盛りの十八歳だが、いつもランチは大半の者が残した。残飯は魚のエサとして、海に撒《ま》かれてきた。

ジョン・マンとジェイコブが作ったランチは、全員がきれいに平らげた。

「こんな美味いランチが続いたら、この海域の魚は飢え死にするぜ」

クラスメイトのひとりがおどけ口調で言うと、食堂内で指笛が飛び交《か》った。その騒ぎを、立ち上がったスキッパーが制した。

「おれたちはランチ当番のあり方を思い違いしていた」

スキッパーは、つい先刻ジェイコブがジョン・マンに告白したのと同じようなことを、クラスメイトに話した。

「次回の料理当番には、おれが志願する。スキッパーの代役はボースンに頼む」

大きな拍手が生じた。スキッパーと入れ替わりに立ったボースンは、両手を突き出して拍手を静まらせた。

「スキッパーの命令に逆らうことになりますが、おれにはボースンが適役です。代わりのスキッパーはジョン・マンがいい」

ボースンに名指しをされたジョン・マンに、ひときわ大きな拍手が生じた。

ボースンの隣に並んだジョン・マンは、仲間の顔を順に見た。

「ごめんなさい、おれはまだ、全員の顔と名前を覚えてはいません。謙遜《けんそん》ではなく、スキッパーの資格はないと思っています」

食堂の全員が、すでにランチを食べ終わっている。それを確かめてから、ジョン・マンは話を続けた。

「おれは捕鯨船ジョン・ハウランド号船長の家に同居しています。船長は一八四一年六月、ジャパンのトリシマという無人島に漂着していた五人を救助してくれました」

助けられたあとのあらましを、ジョン・マンは四分スピーチで紹介した。

「捕鯨船船長も実習船スキッパーも、乗組員の命を預かっています。乗組員もスキッパーを信頼しています」

ミスティック号はトム・リングの指揮下で規律正しくまとまっている。

ボースンへの信頼も厚い。

「スキッパーが料理当番を受け持つときは、ボースンに代行してもらうのがベストです」

ジョン・マンが言い終えたあと、しばし食堂は静まり返った。そのあと、凄まじい拍手と指笛が生じた。

まさにいま、ここで、実習生たちがひとつに固まっていた。

教官は満足顔でうなずいていた。

十六

同じ日の帰り道、ジョン・マンは午後五時過ぎにぬかるんだ家路《いえじ》を歩いていた。

スコンチカットネックへのメイン通りは、氷雨に打たれ続けてひどい状態になっていた。

二月の夕刻五時過ぎは、緯度の高いフェアヘブンだと陽が沈む時刻だ。

ぬかるんだ道は、日暮れが連れてきた暗さに包まれ始めていた。

本来なら一時間半前、午後三時半過ぎにはこの道を船長屋敷に向けて歩いているはずだった。

実習船が港に帰り着いたのは午後二時五十分、下校は午後三時過ぎだったからだ。

帰宅が大きく遅れたのは、クラス仲間が小遣いを出し合い、ジョン・マンとジェイコブにピザをおごってくれたからである。

仲間の発案を聞きつけて、教官のスティーブもミネルバ・ピッツアハウスに顔を出した。

ミネルバのレンガ窯《がま》は特大で、焼かれるピザ一枚は十五インチ（約三十八センチ）もあった。

八等分に切り分けた一ピースが十五セントで、丸ごと一枚のホールは一ドルだ。

この日のミネルバ・ピッツアハウスでは、ホールのピザが十枚も売れた。

クラスメイトと教官とが三ピースずつ、なかには五ピースを食べた強者《つわもの》もいた。

それでもまだ十ピースが残った。

「ジェイコブとジョン・マンに、ツー・ゴー（持ち帰り）してもらおう」

スキッパーが口にしたことに、全員が賛成した。教官も拍手でそれを支えた。

「ありがとうございます」

ジョン・マンは深い辞儀で礼を示した。

「ママはミネルバのピザが大好きなんだ。とっても喜びます」

いつもは物静かなジェイコブが、声を弾ませて礼を言った。

どろどろでブーツにまとわりつくぬかるみだ。いつもは嫌がって避けてきたのに、いまは自分からわざと近寄っていた。

雨と土とが巧みに溶け合っている。その融合ぶりが嬉しかったからだ。

船長屋敷まで半マイルの場所で、チャンスと行き会うことになった。が、離れすぎていて、互いに相手を見つけてはいなかった。

合羽姿のチャンスは右手で手綱を掴み、左手には小型の鯨油ランタンを提げていた。

日暮れたあとの道は暗いが、ランタンは道を照らすつもりで提げていたのではない。乗馬しているチャンスが近づいていることを、向かってくる者に示すための明かりだった。

すっかり暮れた道でも、ジョン・マンは夜目も遠目も利く。

小型ランタンの明かりを、ジョン・マンは半マイル手前で見つけた。

が、馬も乗り手も闇《やみ》に溶け込んでいる。見えたのは上下に揺れる小さな明かりだけだった。

ジョン・マンは通りの真ん中に立ち、近づいてくる明かりを見詰めた。

ランタンの高さから、馬上の乗り手が提げている明かりだと判じた。

近づいてくる速さはゆるい。先を急いで駆けているのではなく、馬の早足に任せているのだと思えた。

氷雨模様の日暮れどきに、スコンチカットネックから向かってくる者といえば……。

「ここにいます、チャンス！」

両手を口にあてて、大声を発した。

暴風の吹き渡る船上で相手に声を届けるには、腹筋を使っての発声が大事である。

ジョン・マンはその技を二年間の航海で体得していた。

「道の真ん中にいますから」

さらに強く腹筋を使って大声を発した。

帰りが遅い自分を案じて、チャンスが様子を見に通学路を向かってきているのだと、ジョン・マンは見当をつけた。

読みは的中した。

向かってくる明かりの速度が速くなった。

「そこで待っていろ」

チャンスの声を聞いたジョン・マンは、言われた通りに立ち止まった。

ジョン・マンの前で立ち止まった馬は、暗闇のなかで白く濁った鼻息を吐いた。

「クラスメイトたちが、ミネルバ・ピッツアハウスでおごってくれたんです」

背負いバッグには、持ち帰りのピザ五ピースが入っているとチャンスに告げた。

「デイジーが喜ぶし、船長もご在宅だ」

ランタンをジョン・マンに手渡した代わりに、チャンスは背負いバッグを受け取った。

氷雨模様の暗いなかでの裸馬では、チャンスの後ろに乗るのは無理だ。

「おまえが帰ってくるまでに、オーブンでピザを温め直しておくさ」

手綱を引いたチャンスは、馬の向きを変えて駆け出した。

チャンスはひとことも口にしなかったが、今日の初実習を気にしてくれていたのだ。

ピザを手に持つなり、デイジーも喜ぶとチャンスは言った。デイジーにチャンスの想いが、しっかりとかぶさっていた。

ランタンで足下を照らしつつ、ぬかるみの少ない場所を選んで家路を急いだ。

＊

デイジーはもちろんのこと、船長もアルバティーナもピザが大好きだった。

ジョン・マンが持ち帰ったのは、塩味の利いたアンチョビ・ピザだ。ミネルバ・ピッツアハウス自慢の品で、隙間《すきま》なしにアンチョビが埋められていた。

おなかが日に日に大きくなっているアルバティーナは、塩味がほしくなるらしい。

「とってもおいしいわ。おみやげありがとう、ジョン・マン」

大きな一ピースを、アルバティーナはだれよりも早く食べ終えた。

「バディーに恵まれてよかったな」

クラスメイトのおごりだと知ったチャンスは、何度もこれを口にした。

チャンスと漁師のおかげで、実習船のランチは素晴らしいものとなった。サンマのエサも大いに役立ったことも話した。

「ジョン・ハウランド号でおまえたちがシイラを調理したとき、乗組員たちは大いに感心した」

あの一件が大きなきっかけとなり、ジョン・ハウランド号乗組員と筆之丞たち五人とが、隔たりを埋めることができた。

「美味いランチを用意したのは、素晴らしいアイデアだった」

船長は言葉を惜しまずに褒めた。

「次回の料理当番は自分がやりたいと、スキッパーが名乗りを上げました」

スキッパー、ボースンと交わしたやり取りも、船長に詳しく話した。

聞き終えたとき、船長の表情が引き締まっていた。つい今し方、ジョン・マンを褒めたときの柔和さはすっかり失せていた。

「過剰《かじょう》な謙遜は罪悪だ、ジョン・マン」

家では聞くことのなかった、固くて厳しい物言いである。アルバティーナとデイジーは、目配せをしてともにキッチンに下がった。

ジョン・マンとチャンスを前にして、船長はあとを続けた。

「おまえにスキッパーを頼みたいと言ったボースンは、おまえの技量をしっかり評価したからだ」

その者は自分の限界もわきまえていると、船長は言い足した。

「ボースンは、本気でそれを言っている。実習船の乗組員の命を、おまえにになら預けられると判じたがゆえだ」

自分の限界を知り、自分より優れた者に指揮《しき》を委ねると決断すること。

「高い見識を備えている者でなければできない、優れた判断だ。その言葉を軽く聞き流してはならない」

過剰な謙遜は罪悪だと、船長は繰り返した。

息を詰めた顔で船長を見詰めて、ジョン・マンは深くあたまを下げた。

チャンスも背筋が伸びていた。

十七

一八四四年六月二日、日曜日。スコンチカットネックの船長邸

昨日から六月、スコンチカットネックでは短い夏の入りである。始まったばかりの六月を祝福するかのように、夜明け直後から大きな朝日が昇り始めた。

午前六時に起床したチャンスとジョン・マンは、朝飯前の水汲みを始めた。屋敷のキッチン外には、容量三十ガロン（約百十四リットル）の水槽が構えられていた。

キッチン外の板張りテラスから二十フィート（約六メートル）高い位置にある水槽に、井戸水を運び入れるのだ。

一ガロンが入る大型バケツに満々と汲み入れた井戸水を、二十フィートの高さまで

運び上げるのだ。

片手にバケツを提げて梯子《はしご》を登るのは、一度だけでもかなりの力仕事だ。三十ガロンの水槽を満水にするのは、チャンスとジョン・マンが交代で運び上げても難儀な仕事だった。

しかしチェリー通りに暮らしていた当時に比べれば、はるかに楽だった。

あのころは水場まで手押し車を押して行き何往復も運んだ。

雨降りだとバケツに雨水除けのシートをかぶせた。重たい帆布のシートをかぶせると、手押し車の重さが倍に感じられた。

冬場は水場に向かう道が凍結しており、ゆるい坂でも上り下りは難行だった。

スコンチカットネックの屋敷は、敷地内に井戸があった。湧《わ》き出る水は豊かで、しかも冬場は温かく夏は冷たい。

水質は、以前の水場とは比較にならない美味さである。

高い水槽まで運び上げる手間はかかっても、チャンスは何ら不満を覚えなかった。

バートレット・アカデミーが休みとなる日曜日は、ジョン・マンも水汲みを手伝った。

六時半になると朝日はすっかり昇り切り、オレンジ色の光が井戸端《いどばた》にまで届いてきた。

水汲みを手伝うたびにジョン・マンは、朝日が井戸端を照らすこのときの訪れを心待ちにしていた。

＊

在所の中ノ浜に暮らしていたとき、水汲みはこどもの仕事だった。

裏山の彼方から昇ってくる朝日が井戸端に届くころ、母親は朝飯の支度を終えた。赤貧《せきひん》の暮らしだったがゆえ、味噌汁と漬け物だけの朝飯である。

それでも朝は、炊きたてのごはんが食べられた。おひつに移したあとの釜《かま》の底には、お焦げがへばりついていた。

井戸の縁に橙色《だいだいいろ》の朝日が届くころ、水汲みは終わった。

こどもたちは眩《まばゆ》い光を浴びながら口をすすぎ、顔を洗った。そして母のもとへと駆けた。

飛び込んだ土間には、焦げ飯の香りが漂っていた。おこげをしゃもじで剝《は》がしたあと、手のひらに塩を馴染ませて握った、俵《たわら》形のおにぎり。

土間に漂っていたのは、この握り飯の香りだった。

こどもたち全員が食べられるように、志をは小さなおにぎりを数多く拵えた。小型の俵形おにぎり一個を食べたあと、炊きたてごはんを茶碗《ちゃわん》によそった。

庭に生えた野草や、浜で採った貝が具の味噌汁。それに漬け物だけの朝飯だった。

貧しくとも志をが気持ちを込めて仕上げた、飛び切り美味な朝飯である。

「おかやん、今朝のごはんもしょう美味いき」

「そらよかったねえ」

志をは目元をゆるめてこどもたちを見た。

＊

水槽を満たし終えたのは午前六時半ごろだ。板張りテラスでチャンスとジョン・マンがひと息をついていたところに、隣家（酪農家）の親爺《おやじ》がミルクを届けにきた。

チャンスに呼ばれてデイジーが出てきた。

「ありがとう、ラッド」

テラスに立ったデイジーは、ホウロウの大型ピッチャーでミルクを受け取った。

ラッドは晴天、荒天を問わず、毎朝六時半過ぎにミルクを届けてきた。

妻のベティーとふたりで乳牛二十頭を飼育しているラッドは、午前五時と午後五時の二回、乳を搾っている。

乳牛は、十二時間ごとに乳を搾るのが決まりだ。夕暮れ前には仕事を終えたいラッドは、午前五時に朝の乳を搾っていた。

朝日が昇ったあとの七時には、ニューベッドフォードのミルク業者が集荷にきた。

荷馬車にミルク缶を載せて、スコンチカットネック周辺の農場を回るのだ。

律儀《りちぎ》者のラッドは業者が集めにくる前に、その朝搾りたてのミルクを届けにきた。

気持ちよく晴れた日曜日の朝である。

ラッドも気分がよかったのだろう。いつもなら届けるなり農場に帰るのに、この朝はデイジーと雑談を始めた。

「うちのベティーが思いついた、びっくりの美味い飲み物を教えよう」

まだピッチャーを持ったままのデイジーに、明るい声で話しかけた。

「ぜひ教えてちょうだい」

デイジーは即座に答えた。ラッドの女房ベティーは料理自慢で、新しい献立を思いつくたびにデイジーに教えていた。

チーズ作りも達者で、ベティーの作ったチーズはアルバティーナも好んで口にした。

「コーヒーはできているかい、デイジー？」

「まだだけど、すぐにいれるわよ」

デイジーの物言いに調子を合わせて、ピッチャーのミルクが波打った。

「だったら、わしがコーヒーをいれるから、あんたは小鍋でそのミルクを半カップだけ沸かしてくれ」

デイジーと連れだって、ラッドはキッチンに入ろうとした。

チャンスとジョン・マンが椅子から立ち上がった。板を鳴らした椅子の音を聞いて、ラッドが振り返った。

「あんたらはそこで、飲み物の仕上がりを待っててくれ」

デイジーとラッドが連れだってキッチンに入ってから、およそ十分が過ぎたとき。

「ベティーはやっぱり天才だわ」

声を弾ませたデイジーが、ホウロウカップ二個をチャンスとジョン・マンの前に置いた。

コーヒー色に染まったミルクが、カップから湯気を立ち上らせていた。

「コーヒー混ざりのミルクか？」

見たままを口にしたチャンスに、デイジーは人差し指を立てて首を振った。

「そんな単純なものじゃないわ。とにかく、口をつけてごらんなさい」

デイジーに強く言われたチャンスは、ジョン・マンと示し合い、カップを持った。

ひと口をするなり、

「Ｗｏｗ！」

おいしいですと、先に驚き声をあげたのはジョン・マンだった。

「これは美味い！」

ひと息遅れて、チャンスも感嘆の声を漏らした。

ラッドの日焼けした顔が大きくほころんだ。

「ミルクとコーヒーと砂糖、この三つの絶妙な加減を見つけるまで、ベティーは何度も何度も作り直した」

そのたびに飲まされて閉口したとラッドは愚痴《ぐち》ったが、顔は笑っていた。

「水汲みで身体を動かしたあとですから、ミルクコーヒーの美味さは格別です」

ジョン・マンが言ったことを聞いて、ラッドは大きな両手を打ち鳴らした。

「ミルクコーヒーとは、いい呼び名だ」

ラッドはジョン・マンの肩をポンッと叩いた。まだカップを手にしていたジョン・マンである。中身が跳ねて鼻に飛び散った。

ラッドは構わず、弾んだ声で続けた。

「どんな名で呼べばいいかと、昨日からベティーとあれこれ考えていたが」

ラッドは大きくゆるんだ目でジョン・マンを見た。

「この飲み物と同じだ、余計なことはせず、シンプルなままが一番いい」

ミルクコーヒーと名付けていいかと、ラッドはジョン・マンに問うた。

「もちろんです、ミスター・ラッド」

ていねいな物言いでジョン・マンが答えた。ラッドはしかし、ジョン・マンの背後の通りに目を移していた。

ミルク集荷の荷馬車が、こちらに向かってきているのが見えたようだ。

「時間が過ぎたのを忘れていた」

帽子のつばに手をあてたラッドは、デイジーに会釈《えしゃく》してから農場へと足を急がせた。

ジョン・マンは荷馬車ではなく、はるか後方に目を向けていた。

「荷馬車のかなり後から、一台の馬車がやってきます」

遠目の利くジョン・マンは、荷馬車の半マイル近く後にいる馬車を見つけていた。

「馬車がこっちに来ているのか？」

「はい」

「何色だか分かるか？」

ジョン・マンは手をかざし、朝日の眩しさを追い払った。

「銀色です」

きっぱりとした口調でチャンスに答えた。

「旦那様《だんな》にお報せしてくれ」

指図されたデイジーは、エプロンの端を引っ張ってからキッチンに入った。

チャンスはカラになったカップを手に持ち、キッチンに入った。

ジョン・マンはわけが分からないまま、チャンスのあとに従った。

デイジーは船長に報せに、二階に上がっている。チャンスはキッチン・ストーブに石炭をくべ始めた。

「馬車がどうかしたんですか？」

「船長にご用がある馬車だ」

スコップ二杯分の石炭をくべたあと、船長に用がある馬車と判じた理由を話し始めた。

「いまは日曜日の午前七時過ぎだ」

時計を見るまでもなく、ジョン・マンにも時刻の察しはついた。ラッドの農場にミルク集荷の荷馬車が来るのは、午前七時ごろと決まっていたからだ。

「日曜日のこの時刻に、馬車を仕立てて捕鯨船の船長宅にくる客は、乗船を頼みにくる使者だ」

ジョン・ハウランド号ではないと、チャンスは言葉を足した。

「ジョン・ハウランド号なら黒の馬車だ。シルバーなら、ミスター・モーガンが差し向けた使者だろう」

モーガンとはチャールズ・W・モーガンのことで、ニューベッドフォードで一番大きい造船所のオーナーである。

いままで三十杯以上の捕鯨船を進水させており、いまだ新造船を造り続けていた。

モーガン造船所が進水させた捕鯨船は、どの船も三百トン級の大型だ。去年十二月に進水したモーガン二世号は、艤装《ぎそう》を完了して船出を待つばかりとなっていた。

「ジョン・ハウランド号はいい船だが、すでに老朽《ろうきゅう》船の部類に分けられている」

モーガンからの乗船要請なら、ホイットフィールド船長も受けると思う……チャンスはさらにもう一杯、スコップで石炭をすくった。

使者に温かい飲み物を供するためだ。

「ラッドから教わった、あのミルクコーヒーでもてなしてやるか」

チャンスが独り言《ひとりごと》をつぶやいている脇で、ジョン・マンは思案顔を拵えていた。

船長が要請を受け入れたら、留守宅に居続けてバートレット・アカデミーに通っていてもいいのだろうか。

船長につき従って、捕鯨船に乗るべきではないのだろうか……。

ぼんやり顔でストーブを見詰めていたら、デイジーに呼びかけられた。

「お客様にあの飲み物をお出しするから、コーヒーをいれてちょうだい、ジョン・マン」

デイジーは正面からジョン・マンを見詰めて話しかけてきた。

「いまここに来るお使いのひとは、きっと船長にいいお話を運んできてくれるのよ」

おいしいミルクコーヒーでもてなしましょうと、デイジーは声を弾ませた。

「分かりました」

ジョン・マンは思案顔を引っ込めて、明るい口調で応じていた。

十八

日曜日の午前七時過ぎに船長屋敷を訪れてきたのは、ミスター・モーガンが差し向けた使者だった。

玄関ポーチに立った男との応対には、エプロン姿のデイジーが出た。

「ミスター・モーガンからの言伝《ことづて》を携えて、参りました」

ホイットフィールド船長は在宅かと訊ねた使者は正装である。夏が始まったというのに、シルクハットをかぶり、フロックコートの着用に及んでいた。

使者の身分なのに、コートに用いたラシャは上質品らしい。地べたで跳ね返った朝日の照り返しを浴びて、黒色が艶々《つやつや》と光っていた。

「旦那様のご都合をうかがってきます」

使者をポーチに待たせたまま、デイジーは階段を上がった。さほどに待たせることなく、再び玄関ドアが開かれた。

「お会いになるそうです」

ドアを大きく開き、デイジーは使者を内に招き入れた。来客用の革張りソファに案内したあと、デイジーは使者にミルクコーヒーを勧めた。

正装の似合う使者は、感情を顔に表さない訓練を重ねているに違いない。吉報・凶《きょう》報《ほう》のどちらも表情を変えずに届けるのが、正装の使者に課せられた責務だからだ。

ところが供されたミルクコーヒーにひと口をつけたとき、使者は素の顔を見せた。

「初めて口にしました」

使者はデイジーを見詰めた。

「不作法を承知でうかがいますが、これはなんという名の飲み物でしょうか？」

デイジーに訊ねているところに、二階から船長が降りてきた。

待たせていたのはミスター・モーガンからの使者である。ホイットフィールドは金糸四筋袖章《そでしょう》の船長制服を着ていた。

「わたしにも、そのミルクコーヒーを」

船長にしてはめずらしく軽い物言いをし、デイジーに笑いかけた。

この朝初めて拵えたあの飲み物の美味さを、すでに船長もアルバティーナも二階で賞味していたようだ。

「かしこまりました」

弾んだ声の返事を残し、デイジーはキッチンに下がった。

「おかけなさい」

ソファを勧められた使者は、飲み物を手にしたまま腰を下ろした。

「よほどにうちのミルクコーヒーが気にいったようだが？」

「その通りです、船長閣下《かっか》」

堅い口調に戻っていても、甘い飲み物には魅了されているようだ。

「もし船長閣下にお許しいただけますならば、帰ります折にミルクコーヒーなる飲み物の作り方を、メイドから教わりたく存じます」

甘さを含んだ飲料を好む主人に飲ませたいと、使者は願いを口にした。

「遠慮は無用だ」

船長が答えたとき、デイジーが飲み物を運んできた。

「あとでミルクコーヒーの作り方を教えてあげなさい」

「うけたまわりました」

使者に微笑みかけて、デイジーは下がった。

一杯の飲み物が、この朝のやり取りをすこぶる滑《なめ》らかなものにした。

使者が携えてきたのは、かつてない好条件での船長就任要請《ようせい》だった。

ホイットフィールドは一言も口を挟まず、使者の口上を聞いた。

相手の出方次第では、すこぶるしたたかな交渉に臨む船長である。

寄港地での鯨油《げいゆ》売却談判では商人が肩をすくめて降参し、船長の言い値を呑むのが常だった。

譲歩しない商人には、たとえジョン・ハウランド号の船倉が満杯であっても、一樽も売らずに出港するという気迫で臨んだからだ。

日曜日早朝に訪ねてきた使者とは、余計な駆け引きなど無用だった。

「本年六月三十日、日曜日正午に出帆《しゅっぱん》していただきたく存じます」

使者はコットン・ペーパーに印字された契約書を提示した。

正副二通だけの契約書なのに、モーガンは費用を惜しまず活版印刷させていた。船長に対して抱く敬意のほどがうかがえた。

「最短で一年六ヵ月、最長三年間の航海という契約で、チャールズ・モーガン号を指揮していただきたいとミスター・モーガンが申しております」

報酬額を告げる前に、使者はひと息あけた。

「報酬は採取できた鯨油量の多少、および航海期間の長短にかかわりなく、二千ドルを最低保証いたします」

鯨油が三千樽を超えたあとは、超過一樽につき五十セントのボーナスを加算する。

「諸経費を差し引いた純利益に対する歩合ではなく、定額を提示いたします」

使者は契約書の該当《がいとう》条項を指で示した。

「ミスター・モーガンがいかに閣下を高く評価しておいでかを、ご理解賜《たまわ》れば幸いです」

使者は船長の目を見詰めて申し出の言葉を閉じた。

「この上なくありがたいオファーだ。ミスター・モーガンには深く感謝の念を抱いている」

船長は言葉だけでなく、使者を見詰める目に感謝の想いを表していた。

「ただ、この場で契約書にはサインできない」

船長の口調が変わった。使者の表情が引き締まった。

「ミスター・モーガンもご承知のはずだが、老朽船に分類されているとはいえ、ジョン・ハウランド号との契約は解除されてはいない」

今日の礼拝後、ジョン・ハウランド号のオーナーのひとり、ミスター・デラノの屋敷を訪問すると船長は明かした。

「ミスター・モーガンのオファーを受け入れると、意思表示をするための訪問だ」

船長の説明を聞いて、使者の表情が和《なご》んだ。

「明日の午前中に造船所に出向き、モーガン号を見せていただく」

乗組員リストもその折に見たいと、船長は希望を伝えた。

「船と船員リストを見れば、船長としての責任を負えるか否《いな》かが判断できる。契約書へのサインはその後でと、ミスター・モーガンに伝えていただきたい」

「うけたまわりました」

船長の言い分に得心がいったのだろう。使者は満足顔でうなずいた。年季の入った使者ならではの、品格のあるうなずき方だった。

使者が馬車に乗ろうとしたとき、デイジーが近寄った。そして小声でミルクコーヒーの作り方を伝授した。

「ミスター・モーガンへの大きなみやげができました」

船長との交渉もきわめて友好的に運べましたと、デイジーの耳元でささやいた。

口の堅さが身上の使者には、あるまじき振る舞いである。デイジーが驚き顔を見せた。

交渉が上首尾に運んだうえ、さらにあの飲み物の作り方を教わったのだ。

使者の口が軽くなったのは無理もなかった。

屋敷から離れて行く馬車を、デイジー、チャンス、ジョン・マンの三人が見送った。

＊

船長とジョン・マンが礼拝に出向くユニタリアン教会からデラノ屋敷までは、一ブロックしか離れていない。

六月の晴天時、フェアヘブンに降り注ぐ陽差しは容赦なしに尖っている。樹木の多い屋敷町を歩いていても、陽は着衣を突き抜けて肌に嚙みついた。

教会からデラノ屋敷まではわずかな道のりだ。そして並木を渡ってきた風は、木が放つ潤いを含んでいる。

にもかかわらずジョン・マンは陽を浴びた肌に、炙《あぶ》られたような感じを覚えていた。

屋敷の玄関ポーチに立てば、教会の屋上に設けられたウィドーズ・ウォーク（見張り台）が見える近さである。

船長より先に七段の石段を登り、ジョン・マンは玄関ポーチに立った。ドアの脇に垂らされている飾り紐を引くと、屋敷内で銀のベルが鳴る。来訪をバトラー（執事）に報せる飾り紐だ。

ジョン・マンはその紐を摑んだ。

デラノ屋敷の玄関は、純白に塗られたオーク材の堅牢《けんろう》なドアだ。分厚い板と板とを繋ぎ止める釘《くぎ》は、少年の親指ほどの太さだ。釘隠しには星形にくり抜かれたウオルナット材が使われていた。

ジョン・マンが紐を引いてから間をおかず、バトラーが玄関ドアを開いた。蝶番《ちようつがい》には常に鯨油が注がれており、軋《きし》み音など立たない。

船長は前に出て、バトラーと向き合った。

「ミスター・デラノがご在宅なら、取り次いでいただきたい」

二十年以上もデラノ屋敷に仕えているバトラーだ。船長と主人とが昵懇《じつこん》の間柄であることは充分にわきまえていた。

「応接間にご案内申し上げます」

主人の返事を聞くまでもなく、バトラーは船長たちを招き入れた。

ホイットフィールド船長なら、いつなんどきでも迎え入れていいと申し渡されていた。

デラノがジョン・マンのことを気に入っているのをバトラーは承知していた。

船長の来訪を主人に報せに二階に上がる前に、バトラーはメイドに茶菓《さか》の支度を言いつけた。

香り高いアールグレイと、紅茶に添えるバターミルク・ビスケット。どちらもデラノ当人がニューヨークから取り寄せていた。

船長とジョン・マンは、茶菓を振る舞うべき格の客だった。

来客ふたりに紅茶とビスケットが供されたのを見計《みはか》らったかのように、二階からデラノが降りてきた。

ニューポートのガラス工房に作らせた高さ六フィート（約一・八メートル）、幅四フィート（約一・二メートル）もある特大の姿見があった。

身なりを確かめているデラノの背後には、深紅のカーペットを張ったゆるい曲線の階段が映っていた。

曲げ細工を加えた手すりつきの、絨毯《じゅうたん》張りの階段。

階段を降りた先に立てかけられた、特別仕上げの姿見。

これらは大富豪屋敷には必需の品だった。

礼拝を終えた日曜日午後は、いずこもくつろぎの時間である。格子柄の長袖シャツにシルクのベストを合わせたデラノは、応接間に入る前に巨大な姿見で念入りに身繕いを確かめた。

納得したらしく、あご鬚《ひげ》を右手で撫でてからドアノブに手をかけた。

各部屋のドアは、すべて純白に塗られたオークである。外光が差し込まない廊下には、昼間でも鯨油のランタンが灯《とも》されている。

メイドが毎日磨きをかける真鍮のドアノブは、ランタンの光を浴びて輝いていた。

応接間に入ってきたデラノを見て、船長とジョン・マンが立ち上がった。デラノは親しみの笑みを浮かべて船長に近寄った。

「よく立ち寄ってくれた」

デラノは船長より三歳年上である。差し出された右手を、船長は両手で握った。

船長は毎日曜日、ユニタリアン教会に通っている。が、デラノ屋敷に顔を出すのは格別に用があるときに限られた。

ジョン・マンがバートレット・アカデミーに通い始めた翌日、二月四日の日曜日に顔を出して以来、四ヵ月ぶりの訪問である。

デラノと船長は固い握手で、互いの無沙汰《ぶさた》を埋め合っていた。

デラノにも紅茶とビスケットが供されたところで、船長が用向きを切り出した。

「六月三十日から一年半の予定で、ミスター・モーガンの新造捕鯨船の船長を引き受けます」

午後の陽が応接間に差し込んできた。部屋の中央部に据えられたマホガニーテーブルが、天板の焦げ茶色を際立《きわだ》たせた。

「テーブルに移ろう」

デラノが小鈴を振るとバトラーが入ってきた。

「テーブルで船長と話をする。ジョン・マンの茶菓は庭のテーブルに」

「うけたまわりました」

バトラーはジョン・マンを伴って応接間から出た。入れ替わりに入ってきたメイドは、主人と船長の茶菓をテーブルに運んだ。

部屋から出るときには、ジョン・マンの茶菓を下げた。

「ジョン・ハウランド号があの状態では、船長を引き留める理由がない」

デラノは紅茶をすすり、カップをソーサーに戻した。コトッとも音を立てない、優雅な戻し方だった。

「クジラが激減しているようだが、一年半の短期間で成果を出せるのか？」

「成果が挙げられる装備を持った船なのか、乗組員の顔ぶれには信頼がおけるのか。これらのことを明日精査します」

船長も紅茶をすすった。ソーサーにカップを戻さず、先を続けた。

「引き受けるからには、かならず船主に利益をもたらします。一年半の短期間で大きな成果が得られれば、ミスター・モーガンも乗組員もハッピーです」

最長期間の三年間まで及ぶことになったときは、かつて例のなかった大成果を挙げる。

船長がカップを戻すとカチャッと音が立った。引き締まった船長の表情を見て、デラノはうなずいた。

「それでこそホイットフィールド船長だ」

デラノはテーブルに両肘を置き、顔の前で両手を組合わせた。

「留守中の一年半、ジョン・マンはどうするつもりだ、船長」

デラノの真っ蒼《まさお》な瞳が船長を見詰めていた。

降り注ぐ陽差しが強さを増したようだ。応接間の隅々《すみずみ》にまで明るさが行き渡っている。

カーペットの長い毛足一本一本の先端が、淡い色味を誇らしげに見せていた。

十九

一八四四年六月三十日、日曜日。ニューベッドフォード港十二号埠頭

ピイイイ――。

出帆まであと二十分を報せる蒸気笛の甲高い音が、ニューベッドフォードの長い埠頭に響き渡った。

今年五月、他の港に先駆けてモーガン造船所がこの港に取り付けた蒸気笛である。目一杯に蒸気を噴出させて笛を鳴らせば、アクシネット川を渡り港から五マイル先にまで届くと言われていた。

ウイリアム&エリザ号(旧名チャールズ・モーガン号)への補給品積み込みが、いきなり慌ただしい動きになった。

正装に身を調えたホイットフィールド船長は左舷中央部に立ち、見送りに出向いて

きたアルバティーナに目を向けた。

淡いピンク色のマタニティー・ドレス姿のアルバティーナは、先刻から船長を見上げて立ち続けていた。

見送り人たちは、五段に組まれた足場板に分散して立っていた。横幅が五十フィート（約十五メートル）、奥行き五フィート（約一・五メートル）の、分厚い松板である。

ニューベッドフォード港の慣例では、船主たちと船長家族は最上段で見送ることが認められていた。

捕鯨船はますます大型化していた。新造船ウイリアム＆エリザ号の甲板は、海面から十四フィート（約四・三メートル）の高さがあった。

船長を見送るアルバティーナは、最上段に立つことを強く望んだ。が、ホイットフィールド船長はそれを許さなかった。

「八月の出産を控えているのだ。どうしてもと言うなら、三段目にしなさい」

三段目の足場板は地べたから八フィート（約二・四メートル）だ。最上段に比べれば揺れも少ないし、登るのも楽である。

甲板を見上げる形になるが、船長は時々上体を乗り出すと妻に約束した。

ジョン・マンは折り畳みの腰掛けを持参し、アルバティーナに座るように勧めた。

一度は腰を下ろしたものの、船長の姿がまったく見えなくなった。

「つらくなったら座るから大丈夫よ」

ジョン・マンを安心させて、アルバティーナは腰掛けから立ち上がった。

二十分前の蒸気笛が鳴ったときも、アルバティーナは立ったままだった。

船長は妻との約束通り、時折り左舷から上体を乗り出してアルバティーナを見た。

が、出帆準備を監督するのも船長の役目だ。

わずかな間アルバティーナを見たあとは、甲板で進んでいる作業に気を向けた。

ボースンと副長が目を配ってはいるが、さりとて船長が目を離すことはできない。

左舷で直立している船長は、出帆に至るまでの日々を思い返していた。

＊

一年半の留守中、ジョン・マンをどうするつもりなのか？

ジョン・マンは外に出されていた。

ウォーレン・デラノに質されたとき、ホイットフィールドは明確な考えを抱いていた。ゆえに返答するに惑いはなかった。

「アカデミーは間もなく夏休みに入ります。その期間を利用して、住み込みで働ける先を探させます」

屋敷から出して、働きながらバートレット・アカデミーに通学させる考えを明かした。

「卒業後は二等航海士として捕鯨船に乗船するでしょう。わたしの今回の航海が長引けば、ニューベッドフォード帰港も遅れます」

アカデミー卒業は一八四五年六月だ。

二等航海士として採用されるのは、早くても一八四五年七月となる。

今回のウイリアム&エリザ号乗船が長引けば、ジョン・マンの初乗船には間に合わないと船長は考えていた。

「学業と仕事とを両立させ、自分の働きで報酬を得る生活をさせます」

生まれ故郷にいた十四歳までの暮らしでも、ジョン・マンはすでに働いていた。

「彼は常に働いて報酬を得るという、きわめて当たり前の暮らしを続けています。わたしが再び乗船し留守にすることが、ジョン・マンが屋敷を出て働く格好のきっかけになると思っています」

船長の返答を聞いて、デラノは得心の表情を見せた。

「もしも適した働き口が見つからなければ、バトラーの下働きで雇ってもいいのだが」

「ありがとうございます」

礼を口にしたものの、船長はデラノの申し出を丁重《ていちょう》に断った。

「卒業後の捕鯨船勤務に役立つ仕事を選択させ、そこに住み込みをすればと考えています」

樽職人、銛造りの鍛冶屋、船大工、ロープ作りの工房などを船長は例に挙げた。

「これらの中から、バートレット・アカデミーに通学可能な場所にある住み込み先を、彼と一緒に検討します」

「よく分かった」

納得したデラノはあご鬚を撫でた。

「船長の留守中も、彼はそこのユニタリアン教会には通うのだろう?」

「通いますとも」

信心深い船長は即答した。

「だったら船長、たまには礼拝の帰りに立ち寄り、近況をわたしに話すように伝えてくれ」

ストーン小学校に通って学問の基礎を習得したあと、見事にバートレット・アカデミーへの入学を成し遂げたジョン・マンである。

異国の地でひたむきに、そして正直に生きている十七歳の少年を、デラノは高く評価していた。

「ありがたいお申し出をいただきました。かならず彼に伝えておきます」

船長は立ち上がって礼を言った。

デラノが仕立ててくれた馬車の内で、船長は住み込み先をどうするかの話を始めた。

「夏休み中におまえが自分で働いてみて、ここぞと思う仕事先を選びなさい」

ジョン・マンは両手をぎゅっと拳に握り、力強く「はいっ」と答えた。

「アカデミーに通えて嬉しいです」

ジョン・マンが声を弾ませて答えたことを、船長はいぶかしく思ったようだ。

しばし思案顔を拵えたあとで、思い当たった疑問をぶつけた。

「アカデミーを中退して、わたしと同じ船に乗らなければいけないと思っていたのか？」

「思っていました」

ジョン・マンは正直に答えた。

「わたしは何事によらず、始めたことを中途半端にやめたりはしないぞ、マンジロウ」

ジョン・マンではなくマンジロウと呼んだことに、船長は押し殺した感情を込めていた。

「愚かな思い違いでした、お許し下さい」

船長の悲しみと、抑えた怒りを感じ取ったジョン・マンは、揺れる馬車の内で深くこうべを垂れた。

アカデミーに通い始めて半年の生徒に、ホイットフィールド船長の航海手伝いなど、できる資格はない。

船長は直截《ちょくせつ》な叱責はされなかった。

何事によらず、中途半端にやめたりはしないと告げて、ジョン・マンの思い違い(思い上がり)を諫《いさ》めてくれた。

噛み締めるほどに、船長の諫言が意味する重さがのしかかってきた。

ただ、こうべを垂れるだけだった。

「分かればいい」

静かな物言いで思い違いを許したあと、船長は先を続けた。

「ひとによっては、まさかあのひとがそんなことをと思うような振る舞いに及ぶことがある。他方では、なにがあっても自分の誇りにかけてそんな振る舞いには及ばないという者もいる」

石に乗り上げたのか、ガタンッと大きな音を立てて馬車が大揺れした。

驚いたジョン・マンは腰を浮かせた。

船長は微動だにせず、ジョン・マンを見詰めたまま話を続けた。

「マンジロウ、わたしは常に後者でいることを心がけている」

二度とわたしを悲しませるなと、いつになく強い口調でジョン・マンを戒《いまし》めた。

ジョン・マンは血管が浮き上がるほど強く握った拳に目を落としていた。

トリシマで救助された日から今日まで、ほとんどの日々を船長のそばで過ごしてきた。

それほど身近にいながら、船長をまるで分かっていなかったと思い知った。

ホイットフィールド船長がまた捕鯨船に乗るなら、自分も従わねばならない。バートレット・アカデミーを中退することもやむなしだと思い込んでいた。

アカデミーに続けて通うことができると分かり、こころの奥底が喜んでいた。

こうなったら一日も早く住み込み先を見つけることだ。船長がニューベッドフォードを離れる前に、なんとしても決めよう。

自分で学費を稼ぎ、通学し、そして首席で卒業する。

これを成し遂げて、初めて船長への恩返しになるのだと思えた。

二度とあなたを失望させたりしません。

胸の内でこれを言い切った。

強く握った拳に、ジョン・マンは涙を落とした。

ホイットフィールドは涙を見て了とした。

あとはスコンチカットネックの屋敷に帰り着くまで目を閉じていた。

＊

出帆五分前の報せが響き始めた。

蒸気笛が調子の高い音に変わり、三連音で、港の隅々にまで響かせた。

思い返しを閉じた船長は、手すりから上体を乗り出した。

三段目の足場板に立ったアルバティーナは、甲板を見上げている。

なにか起きたら身を挺《てい》して守ろう……。

油断なく身構えているジョン・マンが、アルバティーナの脇《わき》に立っていた。

ジョン・マンを見ながら、船長は右手の親指を立てた。

妻の身を守ろうとしているジョン・マンに、感謝の思いを示したのだ。

ジョン・マンは深い辞儀で応えた。

時は矢の速さで過ぎていた。

ブオオ――。

出帆を告げる低音の笛が鳴り響き始めた。

追風《おいて》を捉えようとして、メイン・マストの帆すべてが垂らされた。

三百五十トンの大型新造船だが、港を離れるにはメイン・マストの帆だけで充分である。

船首と船尾の舫いロープが解かれると、ウイリアム&エリザ号の巨体が埠頭から離れ始めた。見送り人たちの歓声がひときわ大きくなった。

船長は目を船尾に向けた。

操舵手の脇に立った副長が指令を出し、それを受けたボースンが号令を発する。

呼吸の合った出帆の光景を見て、ホイットフィールド船長は満足げにうなずいた。

息が合っているのも当然である。

副長のジム・ガントレットもボースンも、水夫の大半までもがジョン・ハウランド号の部下だった者たちである。

ホイットフィールド船長が操船を引き受けた決め手となったのが、乗組員たちの顔ぶれだった。

＊

なんとしてもホイットフィールドに、新造捕鯨船の操船を委ねたい……熱望していたモーガンは、細かなことまで気を抜かずに手配させていた。

その大きな要件としたひとつが、馴染みのある乗組員の採用だった。

ホイットフィールドから船長就任の受諾を得るための要点は、高額報酬のみにあらず。

モーガンはそれを察していた。

前回の航海で大きな収益をもたらすことができたのは、部下たちが船長に全幅の信頼を寄せていたから……さまざまな聞き込みを続けたなかで、この点が大きく浮かび上がった。

「ジョン・ハウランド号の乗組員たちを、可能な限り多く集めよ。収益の分配歩合も、好条件を示してよい」

モーガンは新造船の寿命を二十年と考えていた。

今回は処女航海である。高収益を得ることよりも、後につながる「円滑な航海」と「無事な帰港」に重点を置いた。

処女航海がうまく運べば、その後の航海も順調に運ぶと確信していたからだ。

数十杯もの捕鯨船オーナーならではの、高い見地からの判断だった。

モーガンは他方で、縁起担ぎでもあった。

船長への使者を向かわせる期日を決めたのも、モーガンお抱えの占い師だった。

「六月三日の月曜日に、船長はかならず造船所に顔を出します」

占い通りにことが運んだときは、船名を変えるようにとモーガンに告げた。

「ウイリアム＆エリザ号がベストです」

占い師はすでに船名まで決めていた。

ほとんどの占いに従ってきたモーガンだが、船名変更は拒んだ。

占い師は譲らなかった。

「チャールズ・モーガンの名を冠する船は、二年先の進水がベストの星の巡り合わせです」

サイコロ五個を四回転がしたあと、占い師はモーガンの目を見詰めた。

「明日造船所に顔を出したとき、船長はコートを羽織ってはいません。船長制服の胸ポケットには、深紅のポケットチーフをのぞかせているはずです」

この占いが当たったときは船名変更に応じたほうがいいと、占い師は迫った。

モーガンは渋い顔で受け入れた。

迎えの馬車に乗る前に、船長のポケットチーフはアルバティーナが選んだ。

海を思わせるマリンブルーが好みの船長だったが、アルバティーナが選んだのは燃え立つような緋色だった。

馬車から降りた船長は、モーガンと出会いの握手を交わした。

船長の胸ポケットを見たモーガンは、ウイリアム＆エリザ号への改名を決めた。

＊

帆に追風を受けた船は、ぐんぐん速度を増した。埠頭から四分の一マイル（約四百メートル）離れた船からは、足場板で手を振る面々の顔が識別できなくなっていた。

望遠鏡を手にした船長は三段一杯まで伸ばし、アルバティーナを捉えた。

ジョン・マンには船長が見えていた。

アルバティーナの耳元でなにかを告げた。

アルバティーナは望遠鏡の方角を真っ直ぐに見詰め、大きく手を振った。

「ありがとう、ジョン・マン」

船長は右手を上げて親指を立てた。

深い辞儀でジョン・マンが応えた。

ウイリアム＆エリザ号の出帆を祝ったのかもしれない。メイン・マストの真上で、カモメ三羽が円を描いて舞っていた。

二十

弘化《こうか》元(一八四四)年五月五日、端午《たんご》の節句の日。宇佐浦はこの日を祝うかのような晴天で夜明けを迎えた。

朝の光が浜を照らし始めるなり……、

「おぎゃあ、おぎゃあ」

力強い産声《うぶごえ》が浜の中ほどから聞こえてきた。濡れ縁で朝の茶を呑んでいた徳右衛門にも、産声は聞こえた。

「どっちの子やったか、訊いてきなさい」

指図を受けた女中は、お産を終えた漁師の宿へと駆けた。

「一貫(三千七百五十グラム)ばあもありそうな丈夫な男の子じゃと、徳右衛門さんに言うちょいて」

産湯を使ったあとのたらいに湯を足しながら、産婆は顔をほころばせた。

「秋になったら、この子を船に乗せたち、かまわんかのう?」

初めて授かった男児である。若い漁師は、早くも赤ん坊と一緒に漁船に乗る日に思いを走らせていた。

「旦那様に、男の子やったと言うちょきますきに」

産婆と漁師に辞儀をした女中は、駒下駄《こまげた》を鳴らして駆け戻って行った。

網元屋敷の奉公人たちは、朝からひたいに汗を浮かべて仕事に追われた。

男児の節句の朝に、男の子を授かったのだ。

「赤飯一升と紅白の一升伸《の》し餅《もち》を、四ツ(午前十時)までに届けてやってくれ」

出産祝いを徳右衛門ははずむ気でいた。

これに加えてさらに一升の紅白伸し餅を、波切不動尊《なきりふどうそん》への供物《くもつ》にすると決めた。

徳右衛門はみずから炊事場に出向き、これらの支度を言いつけた。

糯米《もちごめ》は常に一俵(四斗《と》)の備えが蔵にあった。不意の来客があったり、突然の祝い事が持ち込まれてきたときでも、糯米一俵の備えがあれば充分だった。

糯米はあったが、赤飯作りには小豆《あずき》が必要だ。あいにくこの朝、小豆を切らしていた。

「手分けして周《まわ》りに訊いてこいや」

手の空いている下男ふたりが屋敷を飛び出し、周辺の漁師宿を片っ端から回った。

「ひょっと、小豆が余っちょらせんやろうか？」

夜明け直後に飛び込んできた網元屋敷の下男から、小豆の有無を問われたのだ。どの宿の女房も、戸惑い顔を向けた。

「お米やったらあるけんど、小豆は滅多《めった》に使うことがないきに」

ひと粒の小豆もないと、軒並み断わられた。

浜の端の宿を出るとき、下男はひとつの思案を聞かされた。

「峠を下った先に、お菓子屋があるき」

そこなら毎日赤飯を作っている。小豆も備えがあるはずだと、女房は教えた。

「そら、ええことを聞いた」

下男は顔をほころばせたが、教えた当人の表情は曇っていた。

「峠や言うたち、山越えやきねえ。よっぽど足がしっかりしちょらんことには、行き帰りだけで一刻（二時間）はかかるき」

とても四ツまでの仕上げには間に合わないだろうと語尾を落とした。

ほころんでいた下男の顔が曇った。

「筆之丞さんく（家）の甥《おい》っ子やったら、こじゃんと足が速いけんどねえ……」

漁師の女房はあとの言葉を濁した。

急ぎ屋敷に帰った下男は、ここまでの子細を徳右衛門に聞かせた。

漁師たちに小豆の備えなどないことには、徳右衛門も得心した。

峠越えをした先の菓子屋なら、小豆はあるだろうが……。

「筆之丞の甥っ子やったら、わしもよう知っちゅうきにのう」

頼みに今から出向くと言い置き、徳右衛門は筆之丞一家の宿に向かった。

五人の消息が途絶えて、すでに三年が過ぎていた。その間徳右衛門は毎月のように筆之丞の留守宅に顔を出していた。

漁師の宿は朝が早い。徳右衛門が訪れたときは、朝飯のさなかだった。

「こらまた網元さんが、えらい早うからどういたがですかのう？」

筆之丞の父親が応対に出てきた。徳右衛門よりも年上だが、いまも漁船に乗っていた。

「ほかの家の祝い事の話じゃきに、おまさんには済まんことやけんどのう」

今朝早く、浜で男児が誕生した。

祝いの餅と赤飯を用意して、波切不動にも奉納したいのだが、小豆を切らしている。

峠を越えた先の菓子屋なら小豆はあるに違いない。浜から菓子屋までの行き帰り、なんとか半刻で往復したい。

そんな早駆けができるのは、筆之丞の甥っ子、達吉《たつきち》しかいない。

筆之丞たちの安否も分かっていないのに、他家の祝いの手伝いは頼みにくいのだが、

「波切不動様には、しっかり筆之丞らあの息災もお願いしてくるきに」

達吉に峠越えをしてもらいたいと、徳右衛門は子細を話した。

「そんなことで、網元さんに来てもろうたりしたらバチがあたりますきに」

引き受けた父親は、まだ朝飯途中だった達吉に早駆けの支度を言いつけた。

「小豆は五合もあったら足りる」

徳右衛門は持参した木綿《もめん》の背負い袋と、小粒銀を納めた紙入れを達吉に渡した。

「半刻のうちに戻ってきてくれたら、みんなあ大助かりじゃきに」

背中をドンッと押された達吉は、瞬《また》く間に路地から見えなくなった。

きっかり半刻後に戻ってきた達吉は小豆のほかに、竹筒に詰まった水を運んできていた。

「菓子屋のおんちゃんが、これがいるろうと言うちょりました」

竹筒には小豆を浸《つ》けていた水が詰まっていた。赤飯作りには欠かせない水だが、慌てていた女中たちは思い至っていなかった。

「おおきに、達やん」

女中のひとりが握り飯と甘味を加えた茶の載った盆を達吉に持たせた。

朝飯途中で駆けだしたことを、女中は徳右衛門から聞かされていた。

炊事場の板の間に上がるのも待ちきれず、縁に座った達吉は握り飯にかぶりついた。

宇佐浦特産の鰹節《かつおぶし》に醤油《しょうゆ》を染みこませ、熱々のごはんに混ぜて仕上げた握り飯だ。

「ねえやん、ごっつう美味い！」

達吉が声を上げたところに徳右衛門が入ってきた。

「おまさんのおかげじゃ」

笑いかけられた達吉は、握り飯を皿に戻して立ち上がった。

「筆之丞のおんちゃんが、はよう走れ、止まったらいかんと、何べんも声をかけてくれたがです」

達吉は筆之丞の声をはっきり聞いたという。

「ようう言うてくれた！」

達吉の手を強く掴んだあと、徳右衛門は南鐐二朱銀《なんりょうにしゅぎん》一枚を駄賃《だちん》として握らせた。

「まっことあの五人が、達者に生きちゅうがは間違いない」

炊事場を出た徳右衛門は、餅搗《つ》き支度を進めている下男たちに、しわの寄った笑顔を見せた。遠ざかると、男たちは顔を寄せ合った。

「旦那さまは上機嫌じゃき、あとで酒を振る舞ってもらえるぜよ」

「小遣いもくれるかもしれんきに」

小声でも、下男たちの声は弾んでいた。

徳右衛門が段取りした通りに、赤飯も伸し餅も仕上がった。

四ツを報せる半鐘《はんしょう》が打たれ始めると、五本の竿《さお》に一斉《いっせい》に鯉のぼりが揚げられた。

夏の浜に吹く潮風を浴びて、五匹の鯉が泳ぎ始めた。

「筆之丞たちがもんてきたときは、時季がいつやったち、かまやせん。浜にあるばあの鯉を泳がせて、あいつらを迎えちゃろう」

徳右衛門の目は遠くを見ていた。

五月の空を泳ぐ鯉のぼりの彼方にいる、五人の男たちを、だった。

＊

万次郎の在所中ノ浜でも、漁師たちが鯉のぼりを泳がせて端午の節句を祝っていた。

浜が浮かれていても、志をの暮らしが詰まっていることに変わりはなかった。

ただひとつ、今日が節句だと分かる道具が狭い流し場に置かれていた。

赤飯を拵える蒸籠《せいろ》である。

志をは今、浜の搗き米屋に手伝いに出ていた。あるじの得八《とくはち》は情の深い男で、志をには大人数のこどもがいることを気遣っていた。

「端午の節句はこどものお祭りじゃきにのう。せめて赤飯でも作っちゃれや」

昨日の帰り際、得八は糯米に小豆、そして蒸籠の支度を調えてくれていた。

志をは宿まで駆け戻り、こどもを引き連れて道具一式を借り受けた。

「明日、赤飯ができたらまた来いや」

得八から笑いかけられたこどもたちは、志をよりも深い辞儀をして礼を言った。

五日の朝は家族総出で支度を始めた。

五ツ（午前八時）どきには、一升の赤飯が仕上がった。

得八は、ごま塩まで用意してくれていた。

赤飯で握り飯を作り、ごま塩をまぶした三個を得八の店まで届けた。

「よう来たのう」

得八と女房は仲のよいことで知られていたが、子宝には恵まれていなかった。

六人の元気なこどもを見て顔をほころばせたら、末の女児が赤飯の握り飯を差し出した。

「こりゃまた、えらいもんをくれたのう」

限られた量しかない赤飯のなかから、三個もの握り飯を差し出してくれた。

得八は女房と一緒に受け取った。

「これはおまさんらあへの駄賃ぜよ」

小粒銀二粒と、皿に盛り上げた柏餅《かしわもち》を長男に持たせた。浜の菓子屋から仕入れておいた柏餅である。

小粒銀は暮らしの足しになればと、得八の女房が用意していた。

兄を真ん中に挟んで帰って行くこどもたちを、得八と女房は見えなくなるまで見送った。

赤飯は作っただけで、まだだれも口にしてはいなかった。

得八からもらってきた柏餅も、もちろん食べてはいない。

「波除さまにお供えしてからぞね」

万次郎の息災を、一家を挙げて小山の神社にお願いしていた。浜のだれも名前すら知らない、朽《く》ちかけたお堂しかない神社である。

志をは波除さまと呼んで、月に何度もこども全員を引き連れてお参りしていた。

お供物を買えるカネなど一文もない暮らしである。お参りの日は飯を余計に炊き、鰹節を混ぜて拵えた小さい握り飯を供えた。

万次郎が宇佐浦に旅立った朝、二人で拵えた小さな握り飯である。

お供えをおろしたあとは、こどもたちが分け合って食べた。お供えが楽しみで、お参りには先を争って石段を登った。

今日は得八からもらった柏餅と赤飯という、豪勢なお供えである。

「吸筒《すいづつ》を忘れなさんなや」

志をが言うと、末っ子が竹の吸筒を目一杯高く掲げた。

「うちが持っちゅうき」

供物の豪華なお参りに、こどもたち全員が浮き浮きした顔つきだった。五十段の石段も、今日はだれもが一気に駆け上った。

お堂の前にお供えを置き、二礼・二柏手《かしわで》をしたあと、万次郎たち徳右衛門丸五人の息災を願った。

一礼をすればお参りは仕舞いである。

こどもたちの目がお供物を見詰めていた。

「ありがとうございます」

礼を言ってから、志をはお供物を下げることを許した。

「いただきまああす」

甲高い声が石段の上から中ノ浜の海に向かって流れた。

五月晴れの浜で、十を超える数の鯉のぼりが泳いでいた。

「おまさんも達者で、どこぞの海を泳いじょってや」

真鯉に手を合わせた志をは、息子の息災を強く願っていた。

二十一

一八四四年八月十五日、木曜日。スコンチカットネックの船長邸

前夜に産気づいていたアルバティーナだったのだが……。

「今度こそ大丈夫ね」

同居を始めていた船長の叔母、アミリアが静かな声で話しかけた。

「お願いします……」

声を絞り出したアルバティーナに、アミリアが笑いかけた。

初産のアルバティーナは、さまざまな不安を抱え持っているようだ。アミリアの静かな物言いと笑顔は、アルバティーナが持つ心配ごとを大きく拭い去ってくれていた。

「デイジー、お願いします」

二階の階段まで出てきたアミリアは、キッチンのデイジーに呼びかけた。

「いますぐ行きます」

デイジーは敏捷な動きでエプロンを脱いだ。チャンスとジョン・マンがデイジーに近寄った。

「手伝えることはあるか？」

チャンスに問われたデイジーは、ストーブの上の大型ヤカンを指さした。

「今日はお湯をどれだけ沸かしていても、沸かし過ぎることはないのよ」

ふたりで湯の番をしているようにと言い置き、デイジーは階段を駆け上がった。二階に行き着いたところでチャンスを呼んだ。

「どうかしたのか？」

「たらいにぬるめの湯を張って、二階まで持ってきてちょうだい」

「おやすいご用だ」

チャンスは真新しいたらいに熱々の湯を張り、クリンアップを始めた。アルバティーナの出産に使うために、船長がニューベッドフォードで買い求めておいたホウロウのたらいである。

チャンスは真新しい布を熱い湯に浸した。とても手を浸していられない熱い湯である。

水を加えながら二階を見上げた。

「生まれてくるのが男の子だと、船長は決めていなさるようだ」

「なぜ、そんなことが分かるの？」

ジョン・マンは不思議そうな口調で問うた。

「これを上に運んだら話す」

水を加えて手が浸けられるようになったたらいを、チャンスは浸した布でていねいに洗った。

二度、同じことを繰り返したあとで、デイジーから言われたぬるい湯を張った。

ベビーの産湯のでき上がりだ。

たらいを両腕で抱えたチャンスは、湯をこぼさぬよう気遣いつつ、階段を上がった。

下りも音を立てぬよう、一段ずつていねいな足運びで下りてきた。

今日の出産のために、二ガロン（約七・六リットル）の湯が沸かせる大型ヤカン三つを、キッチンに用意していた。

一つはこの家のもので、残る二つは隣の農場から借り受けた品だ。

夏場の牛馬に飲み水を運ぶための大型ヤカンである。

「船長のベビーの役に立つなら、遠慮なしに使ってくれ」

気持ちよく借りられたヤカンのひとつが、強く湯気を噴き出している。ストーブからおろしたジョン・マンは、水をたっぷり注ぎ入れた別のヤカンを載せた。

「四ガロンの湯がすでに沸いているんだ」

キッチンの床には沸騰した湯が詰まっているヤカン二つが置かれていた。

「少しは無駄話をしていても構わないだろう」

火加減を確かめたチャンスは、椅子を引き寄せストーブの前に座った。季節はまだ夏だが、朝のストーブは心地よかった。

ジョン・マンもチャンスの脇に椅子を出して腰をおろした。

「船長が男の子だと決めていると言ったわけは、ここにあるんだ」

食器棚の引き出しから、チャンスは一通の封筒を取り出した。封はされていなかった。

「船長から中を見てもいいと許しをいただいているんだ、おまえも見てもいいぞ」

手渡された封筒には、一枚のコットン・ペーパーが収まっていた。船長がニューヨークで買い求めてきた便箋《びんせん》である。

ウイリアム・ヘンリー・ホイットフィールドと、生まれくる子の名が流麗な筆記体で記されていた。書かれていたのはこれだけである。

「船長はこの名を、デラノさんと一緒に考えたそうだ」

他のオーナーの船に乗ることになっても我が子の名付けを共に考えるほどに、ホイットフィールドとデラノは深い付き合いを続けていた。

ストーブの石炭が燃え落ちて、ゴトンッと大きな音がした。バケツの石炭をくべるのはジョン・マンの役目である。

ストーブにつぎ足しを始めると、チャンスはコーヒーをいれに立ち上がった。

ストーブからおろされたヤカンの湯は、すでに冷め始めていた。チャンスはヤカンを載せ替えて、湯を再び沸騰させた。

沸き立った湯をホウロウのポットに注ぎ、コーヒーをいれた。

強い香りがキッチンに漂っている。石炭をつぎ足し終えたジョン・マンは、チャンスのそばに近寄った。

「フェアヘブンのデラノさんとニューベッドフォードのデラノさんとは、同じひとではないのですか？」

「その通りだ。親戚だが別のひとだ」

ポットを流し台に置いたチャンスは、なぜそんなことを訊くのかと逆に問うた。

「バートレット・アカデミーの授業で、ジョセフ・C・デラノというひとのことを学んだことがあります」

ジョン・マンは授業を思い返しつつ、説明を続けた。

「かつて捕鯨船の船長だったジョセフ・デラノさんは、ニューベッドフォードの高台に暮らしているそうです」

港町に繁栄をもたらした重要人物のひとりだと学んだ。

ジョン・マンが知っているデラノとは、住まいもファースト・ネームも違っていた。

ホイットフィールドと昵懇の間柄にあるデラノは、名がウォーレンである。

「ジョセフ・デラノさんは、フェアヘブンのデラノさんの従兄弟《いとこ》に当たるひとだ」

フェアヘブンに屋敷を構えているウォーレン・デラノも、元は捕鯨船船長だった。

古くからの知人はウォーレンをキャプテン・デラノと呼ぶこともあった。

「本当にフェアヘブンやニューベッドフォードのひとたちは、大半が捕鯨船に乗っていたんですね」

ジョン・マンが感慨深げに言うと、チャンスは大きくうなずいた。

「どんな大金持ちの子息でも、船に関係しているひとは捕鯨船乗りから人生をスタートするんだ」

バートレット・アカデミー卒業生であれば、どこにいても胸を張っていられる……

チャンスが力強く言ったとき、二階から元気な産声が聞こえてきた。

いれたてのコーヒーにミルクと砂糖を加えて、チャンスはミルクコーヒーを仕上げた。

「元気な子の誕生を祝って！」

「新しい船長の誕生に！」

チャンスとジョン・マンがカップをぶつけ合った。

一八四四年八月十五日、午前七時過ぎ。

誕生したベビーは男児で、船長とデラノが考えた通りウイリアム・ヘンリー・ホイットフィールドと名付けられた。

二十二

ヘンリー坊やの誕生後、ジョン・マンは船長宅を出て住み込みを始める準備を進めた。アルバティーナが無事に出産を終えるまでは、自分のための行動は控えていた。

八月十五日のランチ後、ジョン・マンはチャンスに考えを話した。

「フェアヘブンにもニューベッドフォードにも、樽屋が何軒もあります」

樽職人の家に住み込み、樽造りの技を学びたいとチャンスに話した。

「ここを出たあとで、住み込みを始めるという考えには賛成だ」

しかし……と、チャンスは口調を変えた。

「おまえは上級船員になるためにバートレット・アカデミーに通っているはずだ」

いまさら樽屋に住み込むのは回り道をするだけだと、チャンスは反対した。

「フェアヘブンにもニューベッドフォードにも、上級船員が使う望遠鏡や羅針盤《らしんばん》、六分儀《ろくぶんぎ》などを造る工房がある」

六分儀を製造している工房なら、職人が幼馴染《おさななじ》みだから口を利くぞとチャンスは明かした。

「いまさら樽屋でもないだろう」

反対する口調を強めた。

「樽造りに使うホワイト・オークは、フェアヘブン近郊の山から伐《き》り出すものが最上だとされている。だから樽工房も大小取り混ぜて何十軒もある」

古くからの友人ライアン・デッカーも、おまえなら預かりたいと言っている……チャンスはしかし、気乗りしない口調で話を続けた。

樽造りはきつい仕事だと、チャンスには分かっていたからだ。

「おまえは何でも本気で立ち向かう性分だ」

チャンスはジョン・マンと向き合っていた。

「仕事に追われて身体をこわしたりしたら、一番大事なアカデミーの学業をしくじるぞ、ジョン・マン」

チャンスは親身な口調で、思い直させようとした。

ジョン・マンはしかし、住み込み先は樽屋にしたいとの考えを変えなかった。

捕鯨船での樽職人（クーパー）の地位は、一等航海士（副長）と同等の高さである。

アカデミー卒業後、ジョン・マンは捕鯨船に乗船する。そのとき樽造りの技術を体得していれば、怖いものなしである。

ジョン・マンの決意は固かった。

「ジョン・ハウランド号に乗っていたボブ（ボブ・クーパー）さんは、技も人柄も素晴らしいひとでした」

多くのことを船倉で教わっていた。なかでも仕事に対する責任感と誇りの大切さを説かれたことは、ジョン・マンの背骨に刻みつけられていた。

「どれほどクジラが獲れようとも、いかほど巧みに鯨油を採ろうとも、油を詰める樽がお粗末だったらせっかくの成果が漏れる」

捕鯨の目的は鯨油を採ることだと、クーパーは迷いなく言い切った。

「その成果である鯨油を詰める樽造りは、おれの腕にかかっている」

大柄なクーパーは、ジョン・マンを見下ろして胸を張った。

「捕鯨の成果はおれが造る樽の出来映え次第で大きく違ってくる。その責任感と誇りがあればこそ、こんなきつい仕事にも精が出る」

船の揺れも、仕上がった樽を積み重ねるときの重たいことも気にとめず、クーパーは樽を造り続けた。

チャンスが言った通りバートレット・アカデミーの卒業生には、捕鯨船の上級船員（二等航海士）がほぼ約束されている。

いまさら樽造りを学ぶ必要はないというチャンスの言い分にも筋は通っていた。

しかしクーパーから教わった精神の大事さを聞かされたことで、チャンスのほうが考えを変えた。

「そういうことなら、自分の目で工房を見て回り、住み込み先を決めればいい」

ジョン・マンの考えを受け入れたチャンスは、フェアヘブンとニューベッドフォードの街路図をキッチンの棚から取り出してきた。

英語表記がうまく読めない者のために、街路図にはさまざまなマークが描かれていた。各国からの移民が増えたからだ。

「樽が描かれているのがクーパー（樽職人）のいる工房だ」

さすがは全米で一番の捕鯨基地である。フェアヘブンとニューベッドフォードには樽屋が十六軒もあった。

自室からノートを持参してきたジョン・マンは、樽屋の位置を書き留めた。

「明日から一軒ずつ、樽屋回りをします」

「前にも言ったが、デッカーの樽工房なら、いつでも口利きをするぞ」

「ありがとうございます」

チャンスの気遣いが嬉しくて、ジョン・マンはつい大声で礼を言っていた。

＊

八月十六日も前日同様に晴天で明けた。朝食を終えたあと、ジョン・マンはビッグを駆けて、ニューベッドフォードへと渡った。

街路図から描き写したノートを見ながら、一軒ずつ工房を見て回った。

捕鯨船でクーパーから教わったことを思い返しつつ、石畳を歩いた。

「ホワイト・オークは元々が収縮性の小さな木だ。しっかり目が詰まっており、ずしりと持ち重りがする」

だからこそ樽造りに最適なのだとクーパーは教授した。

「オークは東海岸のほとんどの山に植わっている」

クーパーは樽材の一枚をジョン・マンに持たせた。分厚くて真っ直ぐな板だった。

「鯨油樽に適したその板が取れるオークは、木の高さが百フィート（約三十メートル）はある。ここまでの大木はどこにでもありはしない」

板を取り戻したクーパーは、船の底を叩いた。樽材のほうが硬いのはジョン・マンにも分かった。

「この船に使われた木の多くは、ミスティック近郊で取れたものだ」

改造前のジョン・ハウランド号は、造船の大半をミスティックで行っていた。

「樽に使う木は、造船には重すぎる。こんな目の詰まったホワイト・オークは、ニューベッドフォードからプリマスにかけての山にしかないはずだ」

この話をジョン・マンが聞かされたのは、ニューベッドフォードへの帰途で、赤道を越えるころだった。

甲板の水夫たちは上半身裸だったが、船倉ではストーブのコークスが燃えていた。オーク材を曲げ加工するには強い湯気を放つ蒸気が必要だったからだ。

「もしもおまえが船を下りたあとでクーパーになりたいと思ったときは、ニューベッドフォードかフェアヘブンの樽屋に入れ」

どこの工房も職人の腕はいい。そのなかから腕利きの工房を見つけたいなら、材木の積み方と道具の研ぎ方を注意して見ることだと、クーパーは秘訣《ひけつ》まで伝授した。

「ホワイト・オークはいい樽造りの源だ。丸太を大事にしない工房には近寄らないほうがいい」

クーパーから教わったことを思い返しながら、ジョン・マンは一軒ずつていねいに見て回った。

フェアヘブンでは多くの住人がジョン・マンを見知っていた。しかし対岸のニューベッドフォードでは、ジャパニーズのジョン・マンは知られていなかった。

漆黒《しっこく》の髪に真鍮色の瞳で、引き締まった身体つきの十七歳である。ただ歩いているだけで人目を惹《ひ》いた。

樽屋の内や丸太置き場をしげしげと見ていると、かならず職人が出てきた。

「なにか用か、あんた」

職人の物言いは、どこも尖っていた。

「樽造りを見て回っているだけです」

納得しない職人に、ジョン・ハウランド号に乗っていたと明かした。

どこの職人も、これを聞くなり顔つきが柔らかくなった。

「そうか、ジョン・ハウランド号に乗っていたのか」

親しみと敬いを込めて、船名をなぞった。そして、そのあとは……、

「あれはいい船だったよ」

職人は申し合わせたかのように、過去形であとを続けた。

いまは改修に回っていると聞いていたが、ホイットフィールド船長自身が、すでに別の船を指揮していた。

トリシマで自分たち五人を救助してくれた捕鯨船が過去の船となりつつあった……。

「ありがとうございました」

深い辞儀をして、ジョン・マンはこの日一日で何軒もの工房を後にしていた。

八月中旬なら、午後六時でもまだ陽は沈まない。アクシネット川を渡り、フェアヘブンに戻ったときでも、夕陽は空の根元から遠くにいた。

ガラ――ン……ガラ――ン……。

対岸の時計塔が午後六時を鳴らし始めた。

もう六時になったのかと驚いたジョン・マンは、時計塔のほうに振り返った。

橋の根元、アクシネット川のすぐ近くに、一軒の樽屋が建っているのが目に入った。

西日を浴びた川面《かわも》は黄金色に輝いている。目に眩しい川面の手前に、丸太置き場がシルエットになって見えた。

太い丸太が積み重ねられている。

ホワイト・オークが雨に濡れないように、大きな屋根が構えられていた。

ジョン・マンはその眺めに惹かれて樽屋に近寄った。

丸太はどれも直径が五フィート（約一・五メートル）はありそうだった。

「五フィートの直径があるホワイト・オークなら極上の樽材が取れるが、とにかく重たい」

積み重ねるだけでも大変だ。そんな太い木を使う樽屋なら信用できると、クーパーから教わっていた。

川べりの樽屋には、そんな丸太が積み重ねられていた。仕事ぶりを見たいと思ったジョン・マンは、細道を歩いた。

仕事場の戸は開かれていた。川面の照り返しが仕事場を明るく見せていた。

道具は壁に張った板に吊されている。どの道具も磨きに怠りがないらしい。仕事場の外からでも、手入れのよさが察せられた。

明日、もう一度来ればいい……。

眩く輝く川面に目を移したジョン・マンは、胸の内でそれを決めた。

夕食の後、アクシネット川に面した樽屋のことをチャンスに話した。

「橋の袂《たもと》のあの樽屋か？」

チャンスの両目が尖っていた。

「丸太置き場にはちゃんと屋根があったし、道具もきちんと手入れをされていたよ」

「駄目だ！」

チャンスは右手を突き出してジョン・マンの言葉を制した。

「あそこだけは絶対に駄目だ」

ジョン・マンには滅多なことで、語気を強めることのないチャンスである。

そのチャンスから駄目だと決めつけられたジョン・マンは、深いため息で応えていた。

二十三

チャンスが拵えたミルクコーヒーは、いつにも増して甘く仕上がっていた。

きつく尖った物言いで、ジョン・マンの言い分を撥《は》ね付《つ》けた直後である。甘い飲み物からは「言い過ぎてわるかった」と、チャンスの詫《わ》びが伝わってきた。

デイジーは片付けを終えて、すでに部屋に入っていた。キッチンにいるのはチャンスとジョン・マンだけである。

小型のロウソクを灯した燭台《しょくだい》が、テーブルの真ん中に置かれていた。

「とってもおいしいです、チャンス」

チャンスを気遣ったジョン・マンは、いつも以上に明るい声で応えた。声に合わせてロウソクの明かりが揺れた。

「あの樽屋の主人はウイリアム・ハシーだ」

ミルクコーヒーをすすってから、チャンスは樽屋の話を聞かせ始めた。

「いまからちょうど十年前のことになるが、ハシーのカミさんが事故に遭って亡くなった」

それ以来、ハシーは生来の性格が剝き出しになった……チャンスはカップをテーブルに戻した。

＊

一八三四年は新年早々からニューベッドフォードもフェアヘブンも大賑《おおにぎ》わいとなった。

三年前から造船に取りかかっていた捕鯨船が、新年早々立て続けに進水したからだ。

一八三〇年以降、ニューベッドフォード沿岸の大西洋では、クジラが減り続けていた。乱獲の影響であることは、船主も捕鯨船乗りたちも分かっていた。

「クジラが減っているのは、ニューヨークあたりまでの沿岸に限ったことだ」

赤道を越えて南米大陸にまで向かえば、まだ多数のクジラが生息している。

「南米最南端のホーン岬まで行けば、海がクジラの群れで黒く染まって見えるほどだ」

何人もの捕鯨船船長が、船主に向かって口を揃えた。

「大型の捕鯨船さえあれば、向こう十年や十五年は、船倉を鯨油樽で満たして戻ってこられる」

船長たちの言い分を聞いた船主は、大型捕鯨船の造船を即決した。

進化を続ける暮らしには、鯨油はなくてはならない貴重な品である。

夜を明るく照らすロウソク作りも、大型化が著しい工作機械の潤滑油作りも、鯨油がなくては成り立たないのだ。

鯨油があれば莫大《ばくだい》な利益が見込める。

それを知り尽くしている船主たちは、競い合うようにして大型捕鯨船の造船を発注した。

排水量三百トン級の三本マストの捕鯨船が、一八三一年だけで五十杯も発注された。

ニューベッドフォードには八ヵ所の造船所があった。が、注文を受けてから進水するまでには早くても十ヵ月は必要だ。

「注文はありがたいが、うちだけではとても応じ切れない」

ニューベッドフォードの造船所だけでは間に合わず、ミスティックやニューポート、さらにはニューロンドンの造船所にまで発注先が延びていた。

新造船の進水ラッシュに合わせて、樽屋も多忙を極めることになった。

従来の沿岸捕鯨の捕鯨船なら、一杯に積み込むのはせいぜい三十樽だった。

大型捕鯨船は、船倉のなかに沿岸捕鯨船を丸呑みできた。

一八三三年の夏から、続々と大型捕鯨船が進水を始めた。

「来月末までに、なんとしても千二百樽造ってもらいたい」

樽造りの注文単位が、いきなり二桁も増えてしまった。

ウイリアム・ハシーは腕のいい樽屋として名を知られていた。ハシーから技を教わりたくて、ナンタケットやハイアニスからも職人見習いが押しかけてきた。

「うちでいいなら、今日からでもおいで」

アイルランド出身のハシーの女房デリアンは、赤毛の気丈な女である。増え続ける注文も臆《おく》せず引き受けたし、弟子入りを望む若者は、ひとり残らず受け入れた。

希望者が十人に届いたとき、デリアンは弟子たちの手で住まいを建てさせた。

ハシーは腕はいいが偏屈で口数の少ない男だ。亭主の足りない部分はすべて、デリアンが補っていた。

一八三四年も、相変わらず新造船の進水ラッシュは続いた。デリアンの切り盛りのよさが功を奏して、ハシー樽店の売り上げは毎月のように増え続けた。

弟子への給金勘定《かんじょう》もデリアンが受け持っていた。

「これだけ残業続きで、日曜日も礼拝のあとは働いてもらっているからさ。給金はケチなことを言わず、ドンと弾んであげるよ」

吝嗇《りんしょく》なハシーには文句を言わさず、デリアンは同業者より二割も高い給金を職人たちに支払った。

食事は朝と夜の二食を、デリアンが料理して供した。おもに地元の漁師から仕入れた魚介だったが、毎週日曜日の夕食には肉料理を用意した。

捕鯨船のコックから調理法を教わり、力仕事の腹を満たせる献立を考えていた。

デリアンの采配《さいはい》のおかげで、ハシーの仕事場には常に明るい声が飛び交っていた。

「ハシーは偏屈な男だが、デリアンのおかげで仕事場はいつもいい雰囲気だ」

樽の発注主からも、ハシー樽店はすこぶる評判がよかった。

一八三四年八月夕刻に起きた事故で、すべてが変わった。

八月十三日。

翌朝に出帆を控えた捕鯨船のボースンは、この夜のうちに樽を納品しろと強くせっついてきた。

その船には樽職人も乗船することになっていた。が、ボースンは職人の技量を買っていなかった。

「取り急ぎ百樽積んでおけば、リオデジャネイロに着くまでは間に合う」

クーパーの出来がわるければ、リオデジャネイロで交代させる腹づもりをしていた。

甲板員、鯨油職人、樽職人については、ボースンが採用の全権を委ねられていた。

デリアンは高値の納品でボースンと折り合いをつけていた。

「値段は承知したから、かならず納期には間に合わせてくれ」

デリアンは豊かな胸を叩いて引き受けた。

本来の納期は八月十四日夜だった。が、風向きの都合で船出が一日早くなった。

一日の短縮はハシー樽店の責任ではなかった。しかしボースンに泣きつかれたデリアンは、無理を承知で引き受けた。

「ボーナスを弾むからさ。なんとか間に合わせてボースンの面子《メンツ》を立ててあげておくれ」

日頃からいい扱いをしてくれているデリアンの、たっての頼みである。

「目一杯に働きますから」

職人たちは徹夜で樽造りを続けた。

八月十三日の午後には、仕上がった樽が材木置き場の脇に山積みになった。

「この調子なら、六時過ぎには仕上がるだろうね」

デリアンは目元を大きくゆるめて樽の山に近寄った。

八月のフェアヘブンは夜八時までは明るい。仕上がったばかりの樽の白さを、夕刻五時の陽が際立たせていた。

いつもなら樽の山には要所要所にクサビをかませて安定を保っていた。ところがこの日は仕上げに追われたことで、クサビをかませるのを忘れていた。

デリアンはそれに気づかず、樽の真横にしゃがみこみ、仕上がった列を数えていた。

立ち上がろうとしたとき、デリアンの履き物が樽を蹴った。

なんとかバランスを保って山を作っていた樽が、蹴られた振動で一気に崩れた。

デリアンの身体の上を、何十もの樽が転がり抜けた。山の最後の三樽は、デリアンの身体の上に居座っていた。

デリアンは、ほぼ即死だった。

引き取りにきたボースンは、事情を聞かされて言葉を失った。

「百は仕上げましたから」

約束を果たした職人たちは、涙で赤くなった目でボースンに告げた。

＊

「デリアンを亡くしたあとのハシーは、職人全員を店から追い払ったんだ」

長い話を終えたチャンスは、カップに残っていたミルクコーヒーを飲み干した。

「元々ハシーは偏屈で吝嗇な男だったが、デリアンはそれを上手にカバーしていた」

あの事故以来、ハシーの本性が剝き出しになっていた。

「確かに樽造りの腕はいいが、人柄がひどすぎる」

住み込むなら他所《よそ》を探せと、チャンスは忠告を与えた。

すべてを聞き終わっても、ジョン・マンはまだ決心がつかずにいた。

「一晩、ゆっくり考えてみます」

答えたジョン・マンを、チャンスは憂いを宿した目で見詰めていた。

二十四

捕鯨船乗りの特技の第一は、横になるなり眠れるという寝付きのよさだ。ジョン・マンはすこぶるこの技に長けていた。

「おまえのおやすみ三秒にだけは、どうやっても勝てない」

ジョン・ハウランド号の水夫たちが舌を巻いたほどに、寝付きがよかった。

ところがチャンスと話してからベッドに入った八月十六日は、様子が大きく違った。

真夜中を過ぎても寝付けず、何度も寝返りを繰り返した。眠りに落ちるのが大きく遅れてしまい、十七日の朝は寝過ごした。

窓の外が明るいことに驚き、着替えるのももどかしげに階段を駆け下りた。キッチンに向かう前に、応接間の時計を見た。

午前六時五十八分を指していた。いつもより一時間近くも遅かった。

応接間を出ると、キッチンから朝食を支度する香りが漂い出ていた。

その香りで、今朝の寝坊のほどを思い知らされた。

「おはようございます、デイジー」

朝食支度を進めているデイジーの後ろ姿に声をかけた。フライパンを動かしているデイジーは、背中を向けたままである。

いつもの「おはよう、ジョン・マン」の声も返ってこなかった。

キッチン・ドアを押してテラスに出た。

チャンスは豆の畝に散水していた。

今朝も晴れており、これで晴天は四日続きである。畝の豆は散水を喜んでいた。

キッチン・ドアが開いたときから、チャンスは気づいていたらしい。畑につながる石段に向かうジョン・マンに、先にチャンスが朝の声をかけた。

「おはようございます」

急ぎ駆け寄ってから、ジョン・マンもあいさつを返した。

散水の手を止めたチャンスは、相手の顔を見詰めた。そしてジョン・マンがなにを決めたのかを察したようだった。

「よく寝られなかったようだな？」

こくっとうなずいてから、ジョン・マンは深呼吸した。話す気持ちの準備をしたのだ。

ところがチャンスが先に話しかけてきた。

「おまえが決めたことだ」と。

チャンスの表情は和《やわ》らいでいた。

「どこに住み込みを始めようとも、この船長の屋敷がおまえの家だ」

それを忘れずに、存分に樽造りの技を学んできなさい……チャンスの物言いは、慈父のような優しさに満ちていた。

込み上げるものを懸命に抑えて、ジョン・マンはチャンスを見た。

「ハシーさんの店に住み込みます」

自分の口で、はっきりと告げた。

「聞いたよ、ジョン・マン」

チャンスは散水道具を地べたに下ろした。

ジョン・マンは広げた両手をチャンスの身体に回した。

緑の葉と、水を吸った土のにおいがした。

＊

屋敷を出るジョン・マンを祝う朝食は、蜂蜜をたっぷりかけたパンケーキが主役だった。

「住み込み先では、蜂蜜をかけたパンケーキなど、そうそう口にはできないからね」

しっかり食べなさいと言ったあと、デイジーはカリカリ焼きのベーコンを別皿で供した。これもまた、ジョン・マンの大好物だった。

背後から朝の声をかけたとき、デイジーはこのベーコン焼きに気を集めていた。だから返事がなかったのだと、いま分かった。

「あたしたちはこどもを授からなかったからね……なんだか我が子を旅に出すような気分だよ」

気丈なことで知られているデイジーが、途中で言葉を詰まらせた。

フォークをテーブルに置いたジョン・マンは、デイジーの背後から両手を回してしがみついた。

パンケーキとベーコンの香りが、デイジーの身体に染みていた。

＊

一八四四年八月十七日、午前九時。

ジョン・マンはスコンチカットネックの船長邸の玄関ポーチに立っていた。

手提げのバッグと、帆布で拵えた背負いバッグには、身の回り品などが詰まっている。どちらのバッグも風船のように膨らんでいた。

昨夜からベビーの容態が芳しくなく、アルバティーナは寝室から出られなかった。

屋敷に同居している船長の叔母は、二日前からボストンに出かけていた。

住み込みを始めるジョン・マンを玄関で見送ったのは、デイジーとチャンスだった。

「休みの日には帰っておいで」

デイジーが言うと、脇に立っているチャンスが顔をしかめた。

「住み込みを始める前から、甘いことを言うんじゃない」

なにによらずデイジーの言い分を大事にするチャンスだが、いまは違った。

「樽造りの技を覚えるのは大変だが、それを身につければ一生ものだ」

クーパー（樽職人）の技を持った二等航海士など、一万人にひとりいるかどうかだ
……チャンスはジョン・マンの両肩に手を載せた。

「職人の家に住み込むからには、技を覚えろ」

チャンスは顔つきを引き締めた。

「ハシーは腕の立つ男だが、偏屈だ。樽を造る手から目を離さず、しっかりと技を盗み取ってこい」

強い口調でジョン・マンに言い聞かせた。

デイジーにもチャンスの言い分は深く呑み込めたようだ。亭主が口にしている教えに、何度もうなずいていた。

「言われたことを、ここに刻みました」

拳に握った右手で、胸を叩いた。

「パンケーキ、とってもおいしかったです」

デイジーに礼を言い、チャンスの目を見てからジョン・マンは深い辞儀をした。

デイジーとチャンスもジョン・マンを真似て辞儀を返した。

屋敷を出たあとのジョン・マンは、駆け足を続けた。

玄関ポーチからは、表の道が見通せた。早く立ち去らないと、チャンスとデイジー

はいつまでも見送り続けると分かっていた。

もうこの辺りならいいだろうと、ジョン・マンは足をゆるめて振り返った。

チャンスとデイジーは通りまで出てきて、まだ見送りを続けていた。遠目の利くジョン・マンには、ふたりの表情が分かった。

駆け出そうと思ったが、足を止めた。

遠い昔に中ノ浜を出た朝、志をはいつまでもいつまでも万次郎を見送っていた。

母も子も遠目が利いただけに、互いに手を振り続けていた。

あの朝を思い出したジョン・マンは、ふたりに手を振った。

デイジーには見えたのかもしれない。あの柔らかな手を大きく振って応えてくれた。

ジョン・マンは後ろ向きのまま、手を振りながらふたりから離れて行った。

二十五

計ったわけではなかったが、ジョン・マンは午前十時にハシー樽店を訪れた。

ガラ――ン……ガラ――ン……。

時計塔から正時を告げる鐘の響きが流れてきた。

樽店は鐘と同時に休憩を取り始めたらしい。コットンの繋ぎ作業着姿の男と肌色の濃い少年が、道具を持たないまま丸太に座ってジョン・マンに目を向けていた。

少年はおどおどした目を見せていたが、作業着の男は違っていた。膨らんだバッグを手にし、大きなバッグも背負っているジョン・マンを、ブルーアイが見据えていた。

「ハシーさんはいらっしゃいますか？」

ジョン・マンが問いかけても、ふたりから返事はなかった。手に提げていたバッグを地べたに置いて、もう一度、一語ずつ区切るような物言いで問うた。

作業着の男が立ち上がり、近寄ってきた。

丸太に座っていたときは分からなかったが、ハシーの上背は優に六フィート（約百八十三センチ）を超えていた。

身体は筋肉質で引き締まっている。ゆえに座っている姿からは身長が分からなかった。

「ここで働きたいのか？」

ハシーはジョン・マンを見下ろしていた。

「そうです」

ジョン・マンの上背は、ハシーの肩ほどしかなかった。

「わたしはジャパニーズで名はマンジロウです。今年の二月から、バートレット・アカデミーに通っています」

素性を明かしている途中で、ハシーがジョン・マンの口を遮った。

「いまから住み込んでもいいが、仕事はきついぞ」

ハシーの物言いは素っ気なかった。

「九月から新学期が始まります」

目一杯に背筋を伸ばしたが、それでもハシーを見上げていた。

「住み込みを決める前に、働く条件を聞かせてもらえますか？」

「いいだろう」

ハシーはあごをしゃくり、ジョン・マンを仕事場奥の事務所まで連れて行った。

事務所とはいえ仕切りもなく、土間に机と椅子が置かれているだけだ。丸い椅子に座れと示したあと、また仕事場に戻った。

「鐘は鳴り終わった、休憩は終わりだ」

言われた少年は言葉が分からないらしい。丸太に座ったまま、ハシーを見上げていた。

「ディンドン、ディンドンは終わったんだ」

時計塔を示したハシーは、鐘の音を口まねして首を振った。これで意味が通じたようだ。

「イエス、サー」

立ち上がった少年はジョン・マンと同じほどの背丈だった。

ハシーは内側に大きく曲がったカンナを手に持ち、樽板を削る仕草を示した。

「イエス、サー」

ハシーからカンナを受け取った少年は、作業を始めた。手つきを見て了としたらしい。ハシーは事務所に戻ってきた。

「条件はシンプルだ」

椅子に腰を下ろしたハシーは、ジョン・マンの目を見詰めて話を始めた。

「月曜日から土曜日まで、朝八時から午後六時まで仕事だ。樽の注文が多くなったときは、日曜日も働くことがある」

食事は朝昼夜の三度用意する。

「アカデミーに通うのはいいが、そのときは朝六時から学校に出るまで仕事をしてもらう。晩飯のあと午後八時まで働いて、アカデミーに通う埋め合わせをしてもらう」

ハシーは椅子に座ったまま、上体を乗り出した。

「最初の一ヵ月は見習いだ。メシは三度食わせるが、給料は払わない」

技を教えるのだから、こちらが授業料をもらいたいぐらいだと申し渡した。

「分かりました」

ジョン・マンは言われたことに得心した。

見習いの間は無給というのは当然だと思ったからだ。しかし詰めは怠らなかった。

「今日は八月十七日です。来月の十八日以降は、幾ら給料をいただけますか？」

ジョン・マンは両手を膝に置き、ハシーの目を見詰めて問いかけた。

住み込みを決める前に、働く条件はきちんと確認しておけ……チャンスはくどいほど、これを念押ししていた。

「ハシーはひどく吝嗇で偏屈な男だが、嘘つきではない。口にしたことは守ると言われている」

条件を確かめずに住み込むことだけは絶対にするなと、朝食のときにも言われていた。

ジョン・マンの問いに答えるまでに、ハシーは間をおいた。答え始めたときには、また上体を乗り出していた。

「それを決めるのは、見習い期間中にどこまであんたが技を身につけたか、それ次第だ」

ハシーは仕事場でカンナを使っている少年を指差した。

「あそこにいるのは、ブラジルから貨物船で密航してきた十六歳のボーイだ」

ハシーは目をジョン・マンに戻した。

「名前はカルロスだ。仕事について半月あたりから、めきめき腕を上げた。いまでは週給四ドルを稼ぐ職人だ」

ハシーはジャパンから来たジョン・マンのことを聞き及んでいた。

「あんたもカルロスと同い年ぐらいだろう?」

「そうです」

答えたあと、ジョン・マンもカルロスを見た。外を流れるアクシネット川で弾き返された晩夏の陽が、仕事場に差し込んでいた。

英語がまだ不自由らしいが、カンナを使うカルロスの姿を見たジョン・マンは、自分を重ねていた。

「わたしも彼と同じで、祖国ジャパンからひとりでこの国に来ました」

かならず樽造りの技を覚えると、ジョン・マンは強い口調で答えた。

「わたしもカルロスと同じように、週給四ドルを稼げる技を手につけます」

「いいだろう」

ハシーが立ち上がったことで、条件の煮詰めは終わった。

*

かつては多くの住み込み職人がいたのだろう。住み込み家政婦のアンジーに案内された部屋には、二段ベッドが八台も置かれていた。

窓は小さいが、開くとアクシネット川が望めた。

「窓際の下段はカルロスが使ってるからね。そこ以外なら、好きなベッドを使っていいよ」

ランチは正午で、午後一時から働いてもらうからね……言い残してアンジーは部屋から出て行った。

背丈は高くないが、身体は太い。歩くたびに赤毛が上下に動き、床板が軋むほどにアンジーは太っていた。

上段でもいいから、窓際のベッドを使いたかった。窓から見えるアクシネット川の眺めに強く惹かれたからだ。

しかし下段にいるカルロスを思うと、上段を使うのはためらわれた。

他に空きベッドがなければ仕方もないだろう。しかしカルロス以外、だれも住み込みはいないのだ。

わざわざカルロスの上に陣取るのは、彼に申しわけないと思った。

ジョン・ハウランド号でもバースは二段だった。寄港地で水夫が逃亡して空きバースができたときは、残りのひとりが上下を占有できた。

これが下級船員の決め事だった。

二度目のギューアン（グアム）寄港のとき、ジョン・マンの下段が空きバースとなった。

初めて下段が使える喜び以上に、上下を独り占めできた嬉しさのほうが大きかった。

ランチまで、まだ一時間近くの間があった。

二段ベッドがずらり並んだ部屋を一通り見回してから、カルロスの向かい側のベッドの下段に決めた。

午後からはジョン・マンも仕事を言いつけられるだろう。

なにから始まるのか？

樽造りを思うだけで、気持ちが弾んだ。

捕鯨船に乗っていたとき、船倉で何度も樽造りを見学した。あの魔法のような技を、自分も手に入れられる……思っただけで、腕の血管が太くなった。

一つ下のカルロスとも、きっと巧く折り合いがつけられるだろう。

自分を見たときの、カルロスのおどおどした目を思い出した。

ジョン・ハウランド号のときは、レイから英語を教わった。言葉が分からないとき、レイは絵を描いて教えてくれた。

おれもカルロスに絵で教えてやれると、ジョン・マンは考えを膨らませた。レイのおかげで、絵も上達していた。

窓から見えるアクシネット川を、多くの船が行き来していた。八月中旬正午前の陽を浴びて、川面はキラキラと輝いていた。

スコンチカットネックに移ってからは、アクシネット川を見詰める機会が絶えていた。

またこの川が見られる……。

窓から身を乗り出していたら、突如、橋の中央部から蒸気笛の鋭い音が響いてきた。

この音もジョン・マンは懐かしく思った。

スコンチカットネックに移って、すでに一年が過ぎていた。

なんだか故郷に帰ってきた気分だ……。

笛の音にまで懐かしさを覚えた自分に、ジョン・マンは戸惑いを感じた。

いまごろデイジーはストーブの上で、ランチを作っているころだ……そんなことを思った自分を、今日からはここが居場所だと強く戒めた。

休みには戻っておいでと言ったデイジーを、チャンスは強く窘《たしな》めた。それも思い出した。

午後からしっかり働くぞ！

両手で自分の頬をパシッと音が出るほどに挟んだ。

川の上空をカモメが群れて飛んでいた。

二十六

「今日のランチから食わせるが、食わせただけの働きはしてもらうぞ」

「イエス、サー」

ジョン・マンはきびきびした口調で答えた。

食った者は働く。

土佐でもジョン・ハウランド号でもこれが当たり前だった。ハシーの言い分にはなんの違和感も覚えなかった。

ジョン・ハウランド号との大きな違いは、料理人を兼ねた家政婦アンジーの料理が、ひどくまずかったことだ。

くず野菜と豚肉の切れっ端を煮詰めたシチュー。固くてそのままでは食べられないパンをシチューに浸して食べるのが、アンジーの作ったランチだった。

調味料を惜しんだのか、ほとんど味がしないのだ。デイジーが調理してくれた朝食をたっぷり食べていたジョン・マンは、あまりのまずさに驚き、シチューをすくうスプーンの手が止まってしまった。

「なんだい、その顔は」

見咎めたアンジーが声を尖らせた。

「あたしの作ったものが気にいらないなら、もったいないから返しておくれ」

言うなりアンジーは立ち上がった。ジョン・マンのシチュー皿をひったくらんばかりの勢いである。

「いやだとは言ってません！」

滅多《めった》にないことだったが、ジョン・マンは年上のアンジーに強い口調で言い返した。

ハシーとカルロスは、知らぬ顔でシチューを食べ続けていた。

ジョン・マンもシチューをきれいに平らげた。パン皿に残った固いパンくずまで、シチューに混ぜて食べた。

呆気《あっけ》なく終わったランチのあとは、アクシネット川を見て昼休みを過ごした。

カルロスは丸太の山に寝転んでいた。

午後一時を報せる鐘が聞こえ始めたのを合図に、昼休みは終わった。

さあ、どんな下働きをさせてもらえるのかと、意気込みを秘めた顔でハシーを見た。

「十ガロン樽が二十樽、そこに仕上がっている。それをニューベッドフォード六番ピア（桟橋）のオースチン商会に納品してこい」

初仕事は樽の納品を言いつけられた。

オースチン商会はビールと食品を取り扱う店で、ジョン・ハウランド号もひいきにしていた。

「うちの港には何軒もビール屋があるが、一番美味いのはオースチンだ」

赤道を越えて母港を目指していたジョン・ハウランド号の甲板で、ボースンは何度もこの店のビールの美味さを口にした。

赤道越えを祝って飲んでいたのは、リオデジャネイロで補給したビールだった。

「苦味がこれっぱかりもねえこんなビールなら、馬の小便のほうがましだぜ」

水夫たちは暑い国で作られたモノに散々毒づきながらも、そのビールを飲み干した。

ジョッキを空にしたあとで、オースチン商会のビールを懐かしがった。

何度も聞かされていた名に接したジョン・マンは、背筋を伸ばして樽の配達指示を受け止めた。

「ボートはどこに舫ってあるのでしょうか?」

対岸まで配送するのは荷物船だと、思い込んでいた。

「ボートとは、なんのボートだ?」

「樽を運ぶボートです」

「そんなものはない」

ハシーはにべもない口調で答えた。

「丸太置き場の隅に、手押し車がある」

うまく積み重ねれば、一度に四樽が運べる。五往復で片付けろとジョン・マンに命じた。

「イエス、サー」

返事から威勢が失せていた。

ジョン・マンの背丈ほどもある手押し車の背を使えば、確かに四樽まで積み重ねられた。積めることは分かったが、試してみて作業は重労働だと分かった。

手押し車を地べたに寝かせて、四樽を重ねた。が、力を込めて背を立てたら樽が音を立てて転がり出た。

積み重ね方にコツがあるのだろうが、ハシーには教える気など毛頭なさそうだった。

ないというよりも、できるか否かを試しているように思えた。

地べたに座り込んだジョン・マンは、ジョン・ハウランド号の甲板で樽運びをしていた水夫の動作を思い返した。

鯨油を詰めて重たくなった樽である。二樽を重ねただけだったが、水夫は樽と樽の間に濡れた分厚い布を敷いていた。

布が樽の滑り止めの役目を果たしていた。

キッチンに飛び込むと、アンジーに布はないかと訊ねた。

「あるけど、なにに使うのさ」

樽よりも横幅のあるアンジーは、腰に手をあててあごを突き出した。

「樽を積み重ねるのに使います」

アンジーの目を見て答えた。

「そうしろって、ハシーさんがあんたに言ったのかい？」

ジョン・マンは首を左右に振った。

「捕鯨船では、樽運びの水夫が濡れた布を樽の間に挟んでいましたから」

横柄な態度のアンジーに、ジョン・マンはていねいな物言いで答えた。

年長者に対してはていねいな物言いをする。

徳右衛門丸とジョン・ハウランド号で叩き込まれた、船乗りの基本のひとつだった。

答えを聞いたアンジーの表情が変わった。

「あんた、捕鯨船に乗ってたのかい？」

思えばアンジーには、自分の素性をなにも話してはいなかった。

「ハワイからニューベッドフォードまで、二年近く乗っていました」

捕鯨船乗りの誇りをこめて答えた。

「キッチンの外に古いタオルを干してあるから、好きなだけ使っていいよ」

アンジーの物言いがわずかに和《やわ》らいでいた。

＊

六番ピアまでの樽運びは、往復するのに一時間もかかった。しかも帰り道は駆け足で手押し車を転がしたからこそ、一時間で済んだのだ。

二度目、三度目は橋で足止めをされた。

三度目のときは捕鯨船の出航と帰港とが重なり、橋の真ん中で四十分も待たされた。

四度目の往復を終えて戻ってきたとき、午後六時の鐘が対岸から響いてきた。

夏場のニューベッドフォードは午後六時なら、まだ陽は充分に残っていた。が、ハシーとカルロスは仕事仕舞いを始めた。

ジョン・マンは最後の四樽を積み重ねて配達に向かった。

「残りは明日でいいですか？」

自分の誇りにかけて、これをハシーに問うことをしなかった。

オースチン商会からは、午後八時まで店を開けていると言われていた。

五回目の配達もまた、橋で足止めされた。橋を挟んだ両側には、げんなりするほど多数の船が順番待ちをしていた。

外洋を目指している捕鯨船が五杯もいた。絶好の追風が吹いているのに、水面は穏やかだ。夕陽を浴びたアクシネット川は、川面を黄金色に輝かせていた。

船長たちは船出を急いだのだろう。五杯の捕鯨船は艫《とも》と舳先《へさき》をくっつけぬばかりに間合いを詰めて待っていた。

すべての船が通過して橋が閉じられるまでには、ざっと一時間はかかりそうだ。が、橋の前に並んだ馬車も荷馬車も、橋が元通りになるのを苛立《いらだ》ちもせずに待っていた。

ニューベッドフォードとフェアヘブンに暮らす限り、橋の足止めには逆らえないのだ。

ジョン・マンは樽が転がり出ることのないように気遣いつつ、手押し車を立てた。すでに四往復もしていたのだ。手押し車を扱うコツは、すっかり呑み込めていた。

橋の欄干に寄りかかり、輝く川面を見た。

まるで湖のように静かな水面である。橋を通過する船が起こした小さな波だけが、川面に広がっていた。

波の動きが夕陽の照り返しを揺らした。

背後から陽を浴びた捕鯨船の帆は、あかね色に染まって見えた。

マストの木肌色。漆黒に塗られた舷側。そして赤く染まった何枚もの帆。

捕鯨船の美しさに、ジョン・マンは見とれた。あんなにきれいな船で世界の海を走ってこられたことを、誇らしく思った。

橋を通過する船は出帆と帰港とが互い違いになっていた。

捕鯨船が通過したあとは、帆をほとんど畳《たた》んだ貨物船が入ってきた。素早い荷の積み下ろしをこなすために、貨物船には何台ものクレーンが搭載されていた。

鉄製のクレーンは黒く塗装されている。滑らかに動くように随所に油がさされたクレーンは、夕陽を浴びて黒光りしていた。

あの油も鯨油に違いない。

自分たちが獲《と》ったクジラの油が、貨物船でも役立っている……ジョン・マンは貨物船に向かって手を振った。

午後七時を告げる鐘が鳴り始めたとき、橋の蒸気笛が鋭い音を立てて響いた。

橋が元に戻った報せである。

ジョン・マンも手押し車の把手を摑んだ。

ところが摑み方がわるかったらしく、三段目の樽が転がり出た。だるま落としのように四段目が落ちたが、転がり出なかった。

急ぎ手押し車を立ててから、転がった樽を押さえた。

ジョン・マンの真後ろにいた荷馬車から、荷運びの人足が駆け寄ってきた。

「おれが乗せてやる。あんたは手押し車を寝かせて待ってろ」

人足の指図に従い、ジョン・マンは駆け戻って把手を摑んだ。そして手前に寝かせた。

樽を転がしてきた人足は、慣れた手つきで四段目の樽を押し上げ、布を一枚取り出した。二段目に敷いていた布が、三段目の布と重なっていたのだ。

三段目の樽の上に布を敷き、軽々と持ち上げた樽を布の上にそっと置いた。

「四段重ねるときは、三段目が肝だ」

しっかりやりなよ……人足はジョン・マンの肩をポンッと叩いて荷馬車に戻った。

手早く渡らなければ、あとの車に迷惑をかけることになる。手押し車を押す手にも足取りにも気遣いつつ、先を急いだ。

渡り切った先で端に寄り、後から来た荷馬車にあたまを下げた。御者も人足も、素知らぬ顔で行き過ぎた。

ジョン・マンを助けたというよりも、橋の通行の邪魔にならぬように手を貸したのだ。

それを察したジョン・マンは自分を恥じた。

たかだか四往復しただけで、手押し車の扱い方を会得したと慢心したからだ。

軽々と持ち上げた樽を重ねたとき、人足は壊れ物でも扱うかのように優しく置いた。

肝となる三段目を気遣ったのだ。

重ねる樽には肝があることすら、ジョン・マンは知らなかった。それでいながら手慣れた気になっていた。

なにごとにも達人はいる。

慢心は禁物だと、オースチン商会に向かいながら自分を戒めた。

頭上を舞うカモメの翼は、夕陽を浴びた帆のように赤く染まっていた。

二十七

オースチン商会に最終の四樽を届けたのは午後八時十五分前だった。西の空に居残りをしていた陽が、やっと沈んだ直後のことだ。

倉庫に納めたあとは、駆け足で戻りたかった。が、いきなり五往復もしたことで、一歩を踏み出すのも億劫に感じた。

しかもランチは味のしないシチューと固いパンだけだった。午後から激しく動き続けてきたいま、空腹の虫が鳴き続けていた。

また、あんな食事なのか……。

昼のシチューを思い出したら、気分が沈んだ。しかしいまの空腹なら、あれでもご馳走だと思い直し、橋を渡った。

無愛想のかたまりのようなハシーだが、二十樽の納品をひとりでこなしたのだ。ご苦労さんぐらいの声はかけてくれるだろうと思いつつ、店に戻った。

陽が沈んだあとは、急ぎ足で夜の闇が町にかぶさってくる。丸太置き場は、はや闇に溶け込んでいた。

月は痩せ続けており、晴れてはいても月明かりは地上まで届いていなかった。

星は無数に光っていても、地べたを照らすほどの強さはない。

足下を気遣いつつ、ジョン・マンはキッチンのドアを開いた。明かりはなく、ひとの気配もまったく感じられなかった。

時計の振り子の動く音だけが聞こえた。

建家の粗末な造りには不釣り合いな大型時計が、キッチンに置かれている。明かりの消えたなかでも、振り子は揺れていた。

時計に近寄り、時刻は午後九時五分だと分かった。足を急がせたつもりだったが、オースチン商会から一時間を要していた。

アンジーはキッチン脇の個室に寝起きしている。帰宅を告げて食事の支度を始めてもらいたくて、ドアをノックした。

まるで返事がないので、二度目は強い調子のノックをくれた。

「うるさいねえ、ちゃんと聞こえてるよ」

苛立った声が返ってきた。

ジョン・マンはテーブルに戻り、固い樫の椅子に座ってアンジーを待った。じっと座っていたら、また腹が鳴いた。右手でへこんだ腹を撫でて、もうすぐ出来るから落ち着けと言い聞かせた。

椅子に座ってから十分が過ぎたとき、燭台を手にしたアンジーが部屋から出てきた。

コットン生地のパジャマは、布地がすっかりだれている。布地はよれているうえに、サイズが明らかに小さいらしい。

合っていないのを気にせず、無理に身体を包んでいるとしか思えなかった。

ビヤ樽のような寸胴《ずんどう》体型を、パジャマは容赦なく浮かび上がらせていた。

「納品に行ってたのは分かってるけどさあ。こんな遅くに食事だと言われても迷惑だよ」

次からはもっと手際よく働いておくれと、アンジーは聞き取りにくい声で告げた。

供されたのは案の定、あのシチューとパンだった。しかも温め直すこともしていない。キッチンのストーブは、すでに火が落とされていた。

ランチと違っていたのはシチューの盛りが増えていたことと、パンの数も二個になっていたことだ。

味のひどさも、パンが固いのも同じだった。

「あたしは先に寝るからね。食べ終わったら自分で食器を片付けておくれよ」

アンジーが話すと身体が揺れた。昼間は感じなかったが、サイズ違いのパジャマを着ているいまは、しゃべるたびに腹と胸が大きく揺れた。

ジョン・マンは腹の動きが面白くて、シチューを食べる手を止めてアンジーを見ていた。

「明日の日曜日も朝と夜は用意するけどね。あたしだって休みの日ぐらいは、のんびり朝寝がしたいからさ」

ストーブの方を向いたアンジーは、ジョン・マンに尻を向けた。薄くて粗末な生地のパジャマが身体に貼り付いているのだ。

大きな尻ははっきり二つに割れていた。

「明日の朝食は九時だよ」

振り返ったアンジーは「九時だよ」の部分で声を張った。垂れた乳房が大きく動いた。

ジョン・マンの目がどこを見ているのか、アンジーは気づいたらしい。

「そんな物欲しそうな目で、あたしの身体を見るんじゃないよ！」

ひときわ声高に言い置き、アンジーは部屋のドアをバタンッと乱暴に閉めた。ロウソクの灯った燭台はテーブルの端に置かれていた。

ジョン・マンは衝撃を受けていた。

アンジーを見詰める自分の目が、物欲しげな色を宿していたと言われたことに、だ。

ニューベッドフォードに上陸した日から昨日までのなかで、ジョン・マンは何度も夢精していた。陸地のベッドで寝られる安心感が、思春期の少年を刺激したのだろう。

水夫たちからも、よく言われていた。

「陸のベッドで寝るときは、夢のなかでいっちまうからよう。下着を汚すなよ」と。

素肌をさらし、身体のシルエットを浮かび上がらせたウェアの女性。

リオデジャネイロで間近で見た夜は、股間《こかん》が硬くなるのを抑えられなかった。

しかしまさか、あのアンジーから物欲しそうな目で見るなと言われるとは、思ってもみなかった。

まったくの言いがかりだとジョン・マンは怒りを覚えた。

しかし、アンジーにはそう見えたのだ。

自分にはそんな気など毛頭なくても、ひとにはそう見えていたとしたら……。

十七歳は、もはやこどもではない。

ジョン・マンはそのことを噛みしめつつ、シチューを平らげた。

空腹にまずいものなし。

傳蔵《でんぞう》あにやんが、よくこれを言っていた。いまごろ傳蔵や五右衛門《ごえもん》はなにをしているのかと、唐突に思いをハワイに走らせた。

流れこんできた風が、明かりを揺らした。

まるでジョン・マンのこころの揺れを示しているかのようだった。

＊

ニューベッドフォードの時計塔は午前六時から真夜中の午前零時まで、毎正時に鐘が響く仕組みである。

ハシー樽店での二日目の朝。

日曜日午前六時の鐘を、ジョン・マンはベッドに横たわったままで聞いた。

スコンチカットネックの船長邸で暮らしていたときは、午前六時に起床した。一階のグランドファーザー・クロックが正時のチャイムを打つ前に起床していた。

今朝もジョン・マンは六時前には目覚めていた。が、空腹がひどくて起きる気になれなかった。

昨日のランチ以降で口にしたのは、シチューとパンだけである。美味いまずいを言う前に、十七歳の男には量が足りなかった。

横になっていたジョン・マンが、グウウッと腹を鳴らした。

ニューベッドフォードで暮らし始めてから昨日まで、腹が鳴るという思いをしたことは一度もなかった。

カルロスに聞こえたら恥ずかしいと感じたことで、急いで起き上がった。ベッドの端に座り、足をぶらぶらさせていたら、

グウウ〜〜〜

一段と大きな音で空き腹が鳴いた。

「おれも腹が減ってるよ」

ベッドに横たわったまま、カルロスが話しかけてきた。

「よかった……」

ジョン・マンは親しみを込めて応えた。

昨日はほとんど会話をしていなかった。ジョン・マンが遅い夕食を終えて部屋に入ったとき、カルロスはすでに寝息を立てていた。

「朝メシの九時まで、まだ三時間もあるのは哀《かな》しいよね」

ジョン・マンが言うとカルロスも起き上がり、ベッドの端に座った。

「おいら、トウモロコシが食べたいんだ」

朝のこんな会話がきっかけで、ふたりは打ち解けた。宇佐浦もリオデジャネイロも、ともに港町だ。しかもリオほどではないが、宇佐浦も南国である。

ひとたび打ち解けたあとは、底なしに開けっぴろげな気性は共通していた。

「ジョン・マンは日曜礼拝に行くの？」

「もちろん行くさ。カルロスは？」

「行きたいけど、カソリックの教会がどこにあるのか分からない」

ハシーの店に住み込んでから、すでに半年が過ぎていた。その間カルロスは一度も日曜礼拝には行っていなかった。

「教会に行って、ママのことをお祈りしたい」

小声のつぶやきが、ジョン・マンには切実なものに感じられた。

「橋を渡った先のニューベッドフォードには、カソリック教会が幾つもある」

ニューベッドフォードを歩いたとき、尖塔《せんとう》を備えた石造りの教会を見た覚えがあった。

「道順を教えて」

強い口調で頼んでから、カルロスは筆箱と紙を挟んだクリップボードをバッグから取り出した。

筆箱には削った色鉛筆が納まっていた。

「おいら、絵が得意なんだ」

ジョン・マンを見ながら鉛筆を走らせたカルロスは、たちまち似顔絵を描いた。

「捕鯨船のレイみたいに上手だ」

本心からの声で褒められたのが嬉しかったのだろう。カルロスは画用紙一枚を使い、色鉛筆を何本も使ってジョン・マンの顔を描いた。

「ジャパンに持ち帰って、ママに見せる」

ジョン・マンは声を弾ませた。

カルロスは羨ましそうな表情になった。

「おいらのママは二年前に死んじゃったんだ」

カルロスは帆布でできたバッグを開き、一枚の絵を取り出した。

カルロスが描いた母親だった。

ジョン・マンは言葉に詰まった。

ありきたりの慰めなど、言えないと思った。

自分より年下のカルロスが、祖国を離れて樽職人の店に住み込んでいた。

どれほど会いたいと思っても、カルロスの母親はこの世にはいない。

カルロスは母親とつながっていた。一枚の絵で、
教会でママへの祈りを……無事を願うのではなく、安らかにと願う祈りだったのだ。

この絵は、自分が持ち歩いているどんこと同じだとも思った。

しかし絵とどんことでは、決定的な違いがあった。

おかやんは生きちゅうき！

強い思いが込み上げてきた。

なにがあっても土佐に帰る。そしてカルロスが描いてくれた自分の似顔絵を志をに見せると、強く強く思い定めた。

母を失ったカルロスを目の前にしながら、志をに会いたいと想ってしまう自分を、ジョン・マンは持て余してしまった。

顔がこわばっていた。

「どうしたんだ、ジョン・マン？」

黙り込んだジョン・マンに、カルロスは心配げな顔で問いかけた。

「亡くなったママは、きっとカルロスの幸せを願っているよ」

声を詰まらせながらジョン・マンは答えた。

「それはジョン・マンのママだって同じさ。いまもジャパンで無事を願っているさ」

カルロスはまるで自分に言い聞かせるかのように、強く言い切った。

下腹に力が加わったとき、空腹のサインがぐうと鳴った。

湿っぽくなっていたふたりが、思いっきり笑い転げた。空腹感が遠のいた。

「まだ六時半にもなっていないから、ニューベッドフォードのカソリック教会まで往復しようぜ」

ジョン・マンの提案をカルロスは笑顔で受け入れた。

「教会の場所が分かれば、地図を描いてもらわなくてもいいから、連れて行って」

ふたりは手早く着替えて外に飛び出した。カルロスは帆布のバッグを背負っていた。

今日も朝から晴れていた。橋の真ん中まで歩いたとき、朝日がふたりの顔を照らした。

日曜日の午前六時半過ぎだ。橋を開かせる船の行き来はまだ始まっていないようだ。足止めされることもなく、橋を渡り切った。

ジョン・マンはカルロスが迷わないように、大きな通りを選んで進んだ。時計塔南側の坂道を登り、三番目の辻を西に曲がった。

「あそこに見えているのが教会さ」

指差した先には、石造りの尖塔と茶色の教会が見えていた。

半年ぶりに目にした教会である。カルロスはしばし通りの真ん中で見入っていた。

口のなかでつぶやいたのは、亡き母のことだったのかもしれない。

すっきりした顔でジョン・マンを見た。

「忘れないうちにスケッチするから」

朝日が差している石畳に座ったカルロスは、背負ってきたバッグを肩からおろした。バッグの口を絞っていた皮紐をゆるめ、画用紙を挟んだクリップボードと筆箱を取り出した。

描き始めたのは、ハシーの店から教会までの絵地図である。

通ってきた道を記憶しているカルロスは、最初に道路を太い線で描いた。その後で橋、時計塔、石畳の坂道、尖塔のある教会などの絵を加えた。

「こんなきれいな地図を見るのは初めてだ」

カルロスの絵地図を正味で褒めるジョン・マンの顔が、朝日を浴びて輝いていた。

通りの反対側の角は樹木の植えられた公園である。

働き者のリスが、大きな尾で芝生の地べたを掃除していた。

二十八

月曜日になっても、ハシーもアンジーもなにひとつ変わらなかった。

ハシーは一向に樽造りの工程にジョン・マンを加えようとはしなかった。

「ニューベッドフォードの材木置き場に行けば、注文しておいた丸太が二十本ある」

それをフェアヘブンのワシントン通り桟橋の製材所に運ぶ。丸太運びは材木置き場に詰めているヘンリー爺《じい》さんの荷馬車を使う。

製材所では板挽《いたひ》き職人のシャープ兄弟に頼めばいい。

「製材所からうちに運んでくるまで、五日間で仕上がるように掛け合ってこい」

金曜日まで、ジョン・マンの働く場所は店ではなく外だということだった。

「港の丸太が製材されたら、うちの丸太置き場に積み重ねてある材木も、シャープ兄弟に頼んで板挽きにしてもらえ」

当面のおまえの仕事は材木を板挽きしてもらうことだと、ハシーは抑揚のない物言いで指図した。

「外に出ている間、おまえが時間をどう使おうが好きにすればいい」

その代わり、金曜日までにはかならず丸太を板挽きに仕上げること。

大きな注文が入っている。板挽きをしくじったら、樽造りができなくなる。

「ここで樽を造るのも、製材所で板挽きをするのも、仕事の大事さは同じだ」

ハシーは初めてジョン・マンの目を正面から見詰めた。

「おまえと同じことを言いつけられながら、仕事を怠けて板挽きの仕上げをしくじったやつが何人もいる」

そのときは給料はペナルティーとして没収し、ここから叩き出す。

「おまえもそんな目に遭わないように、しっかり板挽きをこなしてこい」

きつい仕事を言いつけられた者をねぎらうとか、信頼するとかはまるでない、冷たい口調の指図だった。

「今日から金曜日まで、おまえのランチは外で食うことになる」

これが昼飯代だ……ハシーがジョン・マンに手渡したのは、五セント硬貨五枚だった。ランチ一回分が五セントである。

この額ではニューベッドフォード港周辺はもちろん、港よりは安いランチ場所のあるフェアヘブンですら、食べられる店はなかった。

得心のいかない顔のジョン・マンに、ハシーはあごを突き出した。

「うちでアンジーが作るランチと同じカネだ。足りなければ自分で足して食ってこい」

言い終えたハシーは、右手を振ってジョン・マンを追い払った。

カルロスは黙々と板にカンナをかけていた。

＊

八月二十五日の日曜日、午後六時過ぎ。

ジョン・マンとカルロスはミネルバ・ピッツアハウスのテーブルについていた。

店のおもな得意客はバートレット・アカデミーの生徒と教官たち、漁師である。アカデミーは八月末まで夏休みである。

ふたりのほかに客はいなかった。

この刻限のフェアヘブンの住人は、自宅で夕餉を楽しんでいるのだろう。

「おまちどおさま」

焼きたてのアンチョビ・ピザと、丸焼きのトウモロコシ二本をウロジーナが運んできた。

ふたりの飲み物はジョン・マンが店の親爺に伝授したミルクコーヒーである。

キッチン脇に戻ったウロジーナは、いままでとは違う思いでジョン・マンを見ていた。

今日まで知っていた顔は、バートレット・アカデミーの生徒としてだった。

いまの彼は仕事仲間と連れ立って、稼いだ給金で食べにきたお客さまである。

ほとんど歳も違わないはずのジョン・マンが、ウロジーナには頼もしい男に見えた。

先週の日曜日、ふたりはミネルバ・ピッツアハウスに立ち寄った。カルロスが食べたがっていたトウモロコシを賞味するためである。

六月から八月までの三ヵ月、この店ではトウモロコシの丸焼きを供していた。

「これを食べたかったんだ……」

教会にも行けたし、食べたくてたまらなかったトウモロコシも味わえた。しかも飲み物は大好きだったミルクコーヒーである。

リオデジャネイロではコーヒーにミルクは加えない。豆の味を楽しむため、加えるのは砂糖だけだ。

が、カルロスの母親はミルクコーヒーを飲ませていた。

ハシーの店ではコーヒーは飲めても砂糖は使わせてもらえなかった。

カルロスは思う存分、砂糖を加えたミルクコーヒーを味わった。母の想い出、母の味がカップに満ちていた。

一週間、ふたりはハシーのひどい扱いにも文句を言わず、働き続けた。

アンジーの凄まじくすらある料理も、ひとしずくも残さずに平らげていた。

先週のミネルバ・ピッツァハウスは、ふたりが身銭で楽しむ褒美《ほうび》も同然だった。

「毎週日曜日の夜は、外食をしようぜ」

先週の日曜日、ミネルバ・ピッツァハウスでふたりはこれを決めていた。

「日曜日の楽しみがあれば、おいらは月曜日から土曜日まで我慢ができる」

教会の礼拝とミネルバ・ピッツァハウスの夕食。

この二つを楽しみにしながら、カルロスは働き続けてきた。

こころを開ける相手がいなかったカルロスは、英語を話すこともなかった。ジョン・マンと出会えたことで英語での会話が始まった。

いまでこそ話し言葉に不自由のないジョン・マンだが、カルロスと接したことで当初の自分を思い出した。

「英語を覚えるには毎日、なんでも話すことが一番の近道だ」

カルロスに教えながら、ジョン・マン自身がさらに言葉や表現力を磨けていた。

過ぎた月曜日から金曜日まで、ジョン・マンはランチを外で味わえた。アンジーのあの料理のみだったカルロスに、胸の内で詫びながらランチを食べた。

ひとことの不満もいわず、カンナを使い続けるカルロスの働きぶりが、ジョン・マンを元気づけた。

ピザには目もくれず、トウモロコシを食べ続けているカルロスに、ジョン・マンは感謝のこもった目を向けた。

「おれひとりだったら、ハシーさんの店では二日ともたなかったよ」

ジョン・マンが言ったことに、カルロスは小さくうなずいた。数日で叩き出された者を何人も見ていたからだろう。

「カルロスはあんなハシーさんとアンジーの下で、ずっとひとりで働いてきたんだ。本当に尊敬するよ」

ジョン・マンは伸ばした右手をカルロスの肩に載せた。

「もうすぐ学校が始まるけど、おれはハシーさんの店で働きながら通学することに決めた」

カルロスのおかげだと、ジョン・マンは確かな口調で告げた。

「バートレット・アカデミーでは、バディーの大切さを毎日教わっているんだ」

「バディーって、なんのこと？」

問われたジョン・マンは、易しい英語で相棒がいかに大事かを説明した。

理解できたカルロスは深くうなずいた。

「ハシーさんの店では、カルロスがおれのバディーだ。バディーがいれば、あのひどい扱いでも我慢できる」

「おいらもそうだよ、ジョン・マン」

食べかけのトウモロコシを皿に戻したカルロスは、右手を差し出した。

ジョン・マンはしっかりとその手を握った。

溶けたバターがカルロスの手のひらについていて、強く握るのが大変だった。

ジョン・マンは右手に力を込めた。

なにがあろうとも、バディーの手を放すものかと、握った手が声を上げていた。

【主な参考文献】

『漂巽紀略』　川田維鶴撰　高知市民図書館
『中濱万次郎』　中濱博　冨山房インターナショナル
『ジョン万次郎』　中濱京　冨山房インターナショナル
『中浜万次郎の生涯』　中浜明　冨山房
『ジョン万次郎に学ぶ』　平野貞夫　イプシロン出版企画
『ジョン万次郎物語』　川澄哲夫　高知新聞社
『ジョン万次郎とその時代』　川澄哲夫　廣済堂出版
『「民際人」中浜万次郎の国際交流』　鶴見俊輔　ラボ教育センター
『雄飛の海』　永国淳哉　高知新聞社
『鯨と捕鯨の文化史』　森田勝昭　名古屋大学出版会
『帆船図説』　橋本進　海文堂
『グレイト・ウェイヴ』　クリストファー・ベンフィー　小学館
『最後の刃刺』　太地町くじらの博物館　太地町くじらの博物館
『白鯨（上・下）』　ハーマン・メルヴィル　講談社文芸文庫
『明治丸の航跡を求めて』　東京海洋大学編　東京海洋大学
『太平洋——開かれた海の歴史』　増田義郎　集英社新書
『ジョン万次郎の英会話』　乾隆　Jリサーチ出版
THE YANKEE WHALER　Clifford W. Ashley　Algrove Publishing
THE WHALEBOAT　Willits D. Ansel　MYSTIC SEAPORT MUSEUM
History of FAIRHAVEN　Joseph D. Thomas　Spinner Publications
OLD SOUTH 1800-1870　Old South Associations
GREASY LUCK　Gordon Grant　DOVER PUBLICATIONS
Whale Port　Mark Foster/Gerald Foster　HOUGHTON MIFFLIN COMPANY
Charles W. Morgan　DVD　MYSTIC SEAPORT MUSEUM

本作品は二〇一五年六月、小社より単行本として刊行されました。

|著者|山本一力　1948年高知県生まれ。都立世田谷工業高校卒。14歳の時に上京し、高校卒業後、旅行代理店、広告制作会社勤務、航空会社関連の商社勤務などを経験。'97年に「蒼龍」により第77回オール讀物新人賞を受賞。2002年、『あかね空』（文春文庫）で、第126回直木賞を受賞する。他の著書に、『損料屋喜八郎始末控え』『桑港特急』（ともに文春文庫）、『大川わたり』（祥伝社文庫）、『つばき』（光文社文庫）、『欅しぐれ』（朝日文庫）、『べんけい飛脚』（新潮文庫）、『まいない節』（PHP文芸文庫）、『深川黄表紙掛取り帖』『牡丹酒　深川黄表紙掛取り帖（二）』（ともに講談社文庫）がある。

ジョン・マン 5　立志編《りっしへん》

山本一力《やまもといちりき》

講談社文庫

定価はカバーに
表示してあります

2019年7月12日第1刷発行

発行者――渡瀬昌彦
発行所――株式会社　講談社
東京都文京区音羽2-12-21　〒112-8001
電話　出版（03）5395-3510
　　　販売（03）5395-5817
　　　業務（03）5395-3615

Printed in Japan

デザイン―菊地信義
本文データ制作―講談社デジタル製作
印刷―――豊国印刷株式会社
製本―――株式会社国宝社

ISBN978-4-06-514323-0

講談社文庫刊行の辞

二十一世紀の到来を目睫に望みながら、われわれはいま、人類史上かつて例を見ない巨大な転換期をむかえようとしている。

世界も、日本も、激動の予兆に対する期待とおののきを内に蔵して、未知の時代に歩み入ろうとしている。このときにあたり、創業の人野間清治の「ナショナル・エデュケイター」への志を現代に甦らせようと意図して、われわれはここに古今の文芸作品はいうまでもなく、ひろく人文・社会・自然の諸科学から東西の名著を網羅する、新しい綜合文庫の発刊を決意した。

激動の転換期はまた断絶の時代である。われわれは戦後二十五年間の出版文化のありかたへの深い反省をこめて、この断絶の時代にあえて人間的な持続を求めようとする。いたずらに浮薄な商業主義のあだ花を追い求めることなく、長期にわたって良書に生命をあたえようとつとめるところにしか、今後の出版文化の真の繁栄はあり得ないと信じるからである。

同時にわれわれはこの綜合文庫の刊行を通じて、人文・社会・自然の諸科学が、結局人間の学にほかならないことを立証しようと願っている。かつて知識とは、「汝自身を知る」ことにつきていた。現代社会の瑣末な情報の氾濫のなかから、力強い知識の源泉を掘り起し、技術文明のただなかに、生きた人間の姿を復活させること。それこそわれわれの切なる希求である。

われわれは権威に盲従せず、俗流に媚びることなく、渾然一体となって日本の「草の根」をかたちづくる若く新しい世代の人々に、心をこめてこの新しい綜合文庫をおくり届けたい。それは知識の泉であるとともに感受性のふるさとであり、もっとも有機的に組織され、社会に開かれた万人のための大学をめざしている。大方の支援と協力を衷心より切望してやまない。

一九七一年七月

野間省一

講談社文庫 最新刊

野崎 歓

異邦の香り　ネルヴァル『東方紀行』論

解説=阿部公彦

オリエンタリズムの批判者サイードにも愛された旅行記『東方紀行』。国境を越えた遊歩者《フラヌール》であった詩人ネルヴァルの魅力をみずみずしく描く傑作評論。読売文学賞受賞。

978-4-06-516676-5　のH1

オルダス・ハクスレー　行方昭夫 訳

モナリザの微笑　ハクスレー傑作選

解説=行方昭夫　年譜=行方昭夫

ディストピア小説『すばらしい新世界』他、博覧強記と審美眼で二十世紀文学に異彩を放つハクスレー。本邦初訳の「チョードロン」他、小説の醍醐味溢れる全五篇。

978-4-06-516280-4　ハB1

渡辺淳一 熟年革命
渡辺淳一 幸せ上手
渡辺淳一 新装版 雲の階段(上)(下)
渡辺淳一 麻酔 〈渡辺淳一セレクション〉
渡辺淳一 阿寒に果つ 〈渡辺淳一セレクション〉
渡辺淳一 何《い》処《ずこ》へ 〈渡辺淳一セレクション〉
渡辺淳一 光と影 〈渡辺淳一セレクション〉
渡辺淳一 花《はな》埋《うず》み 〈渡辺淳一セレクション〉
渡辺淳一 氷紋 〈渡辺淳一セレクション〉
渡辺淳一 長崎ロシア遊女館 〈渡辺淳一セレクション〉
渡辺淳一 遠き落日(上)(下) 〈渡辺淳一セレクション〉
若竹七海 閉ざされた夏
若竹七海 船上にて
渡辺容子 ターニング・ポイント 〈ボディガード八木薔子《しょうこ》〉
渡辺容子 要人警護
渡辺容子 ボディガード 二ノ宮舜
和田はつ子 花《はな》御《み》堂《どう》 〈お医者同心 中原龍之介〉
輪《わ》渡《たり》颯介 掘割で笑う女 〈浪人左門あやかし指南〉
輪渡颯介 古道具屋 皆塵堂
輪渡颯介 猫除け 古道具屋 皆塵堂
輪渡颯介 蔵盗み 古道具屋 皆塵堂
輪渡颯介 迎え猫 古道具屋 皆塵堂
輪渡颯介 祟《たた》り婿《むこ》 古道具屋 皆塵堂
輪渡颯介 影憑《つ》き 古道具屋 皆塵堂
輪渡颯介 夢の猫 古道具屋 皆塵堂
輪渡颯介 溝猫《どぶねこ》長屋 祠之怪《ほこらのかい》
若杉冽 原発ホワイトアウト
綿矢りさ ウォーク・イン・クローゼット

江戸川乱歩賞全集

日本推理作家協会編

中島河太郎 ①探偵小説辞典
仁木悦子 多岐川恭 ②猫は知っていた 濡れた心
新章文子 陳舜臣 ③危険な関係 枯草の根
戸川昌子 佐賀潜 ④大いなる幻影 華やかな死体
藤村正太 西東登 ⑤孤独なアスファルト 蟻の木の下で
西村京太郎 斎藤栄 ⑥天使の傷痕 殺人の棋譜
海渡英祐 森村誠一 ⑦伯林―一八八八年 高層の死角
大谷羊太郎 和久峻三 ⑧殺意の演奏 仮面法廷
小峰元 小林久三 ⑨アルキメデスは手を汚さない 暗黒告知
日下圭介 伴野朗 ⑩蝶たちは今… 五十万年の死角
梶龍雄 藤本泉 ⑪透明な季節 時をきざむ潮
栗本薫 井沢元彦 ⑫ぼくらの時代 猿丸幻視行
長井彬 高橋克彦 ⑬原子炉の蟹 写楽殺人事件
中津文彦 岡嶋二人 ⑭黄金流砂 焦茶色のパステル
鳥井架南子 東野圭吾 ⑮天女の末裔 放課後
山崎洋子 石井敏弘 ⑯花園の迷宮 風のターン・ロード
坂本光一 長坂秀佳 ⑰白色の残像 浅草エノケン一座の嵐
鳥羽亮 阿部陽一 ⑱剣の道殺人事件 フェニックスの弔鐘

古典

高橋貞一校注 平家物語(上)(下)
中西進校注 万葉集 全訳注 原文付 全四冊
中西進編 万葉集事典 (万葉集全訳注原文付・別巻)
世阿弥編 川瀬一馬校注 花伝書(風姿花伝)

2019年6月15日現在